痴人
ちじんのあい
之爱

[日] 谷崎润一郎

著

林水福 —— 译

湖南文艺出版社
HUNAN LITERATURE AND ART PUBLISHING HOUSE

博集天卷
CS-BOOKY

《痴人之爱》

ちじんのあい

一 部 妖 艳 的 小 说

我们对日本文学的阅读也许是跟随时空而倒置的，这其中的缘由莫过于以下两点：第一是作者的经历被后人持续演绎，第二是文学作品本身被放大了原有的阐释功能，乃至每个时代都会根据特定的诉求挖掘文学内部的资源，这就像今天流行的 IP 产业一样，阅读越往深处走越能表达读者所处时代的理解宽度，质感很强。毋庸置疑，谷崎润一郎的小说之于中国的翻译与阅读也是上述现象的一个实例。

《痴人之爱》是谷崎润一郎作为日本唯美派文学大师的代表作，其中有关嗜虐与受虐以及从中获取的快感的描写是日本文学经典中的精彩一幕，除此之外，谷崎笔下的中产阶级从性心理的层面上被写得淋漓尽致。《痴人之爱》是一部妖艳的小说，谷崎把主人公——一个技术工种的普通职员——出没的舞台设定于浅草与横滨等地，也是因为他企图把西方化的景致与日本的传统联系起来。香火与寺院，教堂与柏油马路，这些生活场景的元素贯穿于主人公与一名长相酷似西洋人的女郎的故事之中。

　　《痴人之爱》最先于 1924 年 3 月 20 日—6 月 14 日在《大阪朝日新闻》上连载，而这一年也是 1923 年关东大地震后，谷崎润一郎从横滨搬家住到神户的第二年。关东大地震的当天，他在箱根的山路巴士上遭遇地震，而且还亲眼看见了山石滚落的场面。从东京移居到关西后，谷崎润一郎在四十岁后的九年间，先后搬家十三回，几乎达到了不厌其烦的程度。然而，他却居住在神户住吉川的岸边长达七年，这是他定居时间最长的一处地方。除了《痴人之爱》，这里也是撰写《细雪》开篇的现场。后来这个被誉为谷崎唯美文学的摇篮的"倚松庵"也成了众多读者仰慕流连的圣地，尤其是最近这些年，随着越来越多的中国游客访问日本，也有不少谷崎文学的爱好者慕名而来。

　　我对谷崎润一郎的小说感兴趣的直接原因并不是从小说里来的，而是因为我也住在神户这个城市，更为直接地了解他的小说中所描写的场景，在某种意义上也完成了本文开头所说的对"作者经历"的演绎以及对作品本身的阐释。

　　大约不用太多的时间，越来越多的中国读者会像我一样从上述的意义上了解日本文学，双管齐下，提高我们自己的鉴赏力与想象力。仅此而论，现在也许正是我们阅读谷崎润一郎的作品以及其他日本文学作品的最好时机。

　　专此代之为译序，与大家共同进步。

毛丹青

2017 年 2 月 14 日写于神户市内

" 我对她爱憎的情绪就像猫的眼睛那样，

一个晚上能变化好几次。 "

目录 ちじんのあい

Contents

ちじん²のあい
痴 人 之 爱

献祭般的绮丽之爱

爱到极致　当是疯狂

ちじんのあい

痴　人　之　爱

我们这样的夫妻

我们这样的夫妻，大概是世间绝无仅有的。下面我将尽量坦率、实事求是地把这种情况写下来。对我自身而言这是难以忘记的珍贵记录，同时，恐怕对各位读者而言，无疑也具有参考价值。尤其是像这阵子日本在国际上的交流越来越广阔，本国人和外国人来往频繁，各种主义和思想传入，男的不用说，女的也变得时髦。已经进步到这样的情势，以往少有的像我们夫妇这样的情况，不久也会在各位的身上发生吧！

回想起来，我们夫妇从一开始就不同寻常。我第一次碰到我现在的妻子是八年前。究竟几月几日？详细的我不记得。总之，那时她在浅草雷门附近一家名叫"钻石"的咖啡店当女服务生。她的年纪虚岁十五。我们认识时她刚到那家咖啡店做工，是真正的新人，不是正式的女服务生，是实习生——说起来不过是女服务生的储备人才。

当时已经二十八岁的我为什么会看上那样的小孩呢？其实，我自己也不清楚。可能最初是因为喜欢那个女孩的名字吧！大家都叫她"阿直"，有一次我问了才知道她叫奈绪美。这个名字引起我很大的好奇心。这个名字很美，用罗马字拼写出来就是 Naomi（娜奥密），有如西洋人。我开始是这么觉得的，之后才逐渐开始注意她。不可思议的是，她不仅名字时髦，就连脸形什么的也都带有西洋人的味道，而且看起来相当聪明，我甚至觉得她当这种地方的女服务生太可惜了。

实际上，娜奥密的脸形有像女明星玛丽·璧克馥[1]的地方，的确有西洋味道。这绝不是我偏袒的看法。即使她现在成了我的妻子，许多人也这么说，可见是事实无疑。不只是脸形，看到她的裸体，那身材更是有洋人味儿。当然，这是我后来才知道的，当时我也没了解得这么深，只是从她穿着得体的和服想象，既然体形如此优美，四肢也一定修长秀丽。

终究十五六岁少女的脾气，除非亲生父母或兄弟姐妹，否则实在难以了解。因此，如果被问到在咖啡店打工时娜奥密是怎样的个性，我很难明确地回答。恐怕就连娜奥密自己，也只能说那时候也只是对任何事都热衷而已吧！不过，说到从外表看起来的感觉，究竟怎么样呢？我觉得她似乎是一个忧郁、寡言的孩子。她的脸色有一点白，有如把几张无色透明的玻璃板重叠在一起所呈现的深沉色调，看起来并不健康。其中的一个原因是初来乍到，不像其他女服务生一样涂脂抹粉，跟客人和同事也还不熟，躲在

---

[1] 玛丽·璧克馥：Mary Pickford，美国电影演员，出生于加拿大。

角落里默默地认真工作。而她让人觉得聪明，或许也是因为那种样子。

在这里我有必要讲述一下我的经历。我当时月薪一百五十日元，是某电气公司的技师。我出生在栃木县的宇都宫，从家乡的中学毕业后就来到东京，进入藏前的高等工业学校，从那里毕业没多久就当了技师。除了星期日，每天从芝口的租屋处到大井町的公司上班。

一个人住宿舍，领一百五十日元的月薪，我的生活相当宽裕。另外，我虽然是长子，但无须寄钱给家乡的母亲或兄弟姐妹。因为老家经营着相当大的产业，父亲已经不在，年迈的母亲和忠厚老实的叔父夫妇处理一切事务，所以我毫无负担。但我也并不挥霍，算是模范职员——朴素、认真，平庸到近乎呆板，没有任何不满，每天兢兢业业地工作——当时的我大概是这个样子。说到我河合让治，在公司里甚至也有"君子"之称。

说到我的娱乐活动，傍晚去看电影或到银座街道散步，偶尔狠下心到帝国剧场，顶多也就是那样的活动。当然我也是适婚年龄的青年，不讨厌与年轻女孩接触。我本是在乡下长大的粗人，不善于交际，从未与异性交往，可能也因此才被冠上"君子"的称号吧！其实，我只是表面上的君子，走在街上，或每天早上搭电车时，心里对女性保持高度注意。就是在那样的时期，娜奥密偶然出现在我眼前。

那时，我并不觉得娜奥密是女孩子中最漂亮的。在电车里、帝国剧场的走廊、银座街道这些场所擦肩而过的千金小姐里，当然有许多人比娜奥密漂亮。娜奥密的容貌会不会变漂亮是将来的事，毕竟十五岁左右的小姑娘以后的人生是值得期待的，但也让人担心。因此我最初领养这个孩子是想要照顾她，如果有机会的话，好好教育她，娶她为妻也无妨——大概是这种想法。这样的想法一方面是出于我同情她，另一方面是我希望在自己过于单调的日子里多少可以增添点变化。坦白地讲，我已厌倦多年的公寓生活，我希望这样的变化能为这煞风景的生活增添一点色彩和温暖。我希望能有一间房子，狭小也无所谓，请个女佣收拾布置房间，种植一些花卉，在日照良好的阳台上挂上小鸟的笼子，准备饭菜，打扫卫生。如果娜奥密愿意来，她可以负责女佣的工作，代替小鸟陪伴我。我大体上就是这么想的。

　　既然这样，为什么不从门当户对的家庭娶亲，建立正式的家庭呢？说到这一点，我只是还没有结婚的勇气。关于这点需要稍加详细说明，毕竟像我这样的普通人，讨厌离奇古怪的事，也做不来这样的事。不过，不可思议的是，我对于婚姻有着相当先进、时髦的看法。谈到结婚，世人有拘谨、重视仪式的倾向。首先，需要有介绍人，若无其事地试探双方的想法。其次，是要相亲。如果双方没什么不满意，则需要另请媒人，下定礼，把五担、七担或十三担的陪嫁送到夫家。最后是出嫁、新婚旅行、归宁……履行一套非常烦琐的程序，我讨厌这些。我希望结婚能以更简单、自由的方式进行。

那时候，如果我想结婚的话，对象大概会有很多吧！虽说我是个乡下人，但体格健壮，品行端正。这么说虽然有点可笑，但我的相貌风度不逊于他人，在公司里声誉也不错，因此谁都乐意帮忙。其实，我讨厌"被帮忙"，所以也没办法。纵使再怎么样的美人，只通过一两次的相亲，不可能就了解彼此的脾气、性格。只以一时的感觉就决定一生的伴侣，那样的糊涂事我做不来。看起来，把像娜奥密那样的少女带回家，看她慢慢地成长，如果喜欢，再娶为妻子的方法是最好的。我也不奢求养个大富豪的女儿或者教育程度很高的女孩，所以这样就可以了。

不仅如此，把一个少女当朋友，朝夕都能看到她的成长，是多么赏心悦目呀！以游戏般的心情同住一家，这跟正式建立家庭是不一样的，但似乎又特别有趣。我和娜奥密就像是玩扮家家酒，不像真正的"家庭"那么麻烦，过单纯的生活——这是我的期待。实际上，现在日本的"家庭"，衣橱、长方形火盆、坐垫……该有的都不能少，丈夫、妻子和女佣的分工一清二楚，与邻居、亲戚之间的应酬非常麻烦，因此花了许多冤枉钱，把简单的事变得繁杂、无聊，这对年轻的工薪阶级而言并不愉快，不是好事。关于这一点，我相信我的计划一定是个好主意。

我跟娜奥密谈这件事是认识她大约两个月的时候。在这期间，只要有时间，我常到钻石咖啡店，尽可能制造亲近她的机会。由于娜奥密很喜欢看电影，假日里我跟她一起到公园的电影馆看电影，回程时绕到西餐厅或日本面店吃东西。沉默寡言的她无论什么场合都很少说话，无论是高兴还是觉得无聊，她都面无表情，不声不响。面对我的邀请她绝不说"不"，总是爽快地回答："好呀！去也行。"无论到哪里都跟着去。

究竟她认为我是怎样的人，抱着怎样的想法跟着来呢？这一点我也不清楚。她还是个小孩，不会对"男人"投以怀疑的眼光。我认为，她只是认为这个"大叔"带她去一些"大叔"喜欢的活动，有时请她吃东西，一起去游玩，是极单纯、天真的想法。而我完全把她当小孩，对当时的她既不期待超越温柔亲切的"大叔"范围，也没有做出那样的举动。想起那时候淡淡的如梦般的日子，有如住在童话世界，即使现在也不由得有想再一次过着纯洁的二人世界的念头。

"娜奥密，怎么样？看得清楚吗？"小电影院常常客满没有空位，我们一起站在后边，我这样问她。

娜奥密回答："不！根本看不到。"她尽量抻长脖子，想从前排客人头与头之间的空隙看过去。

"这样也看不见呀！你坐到这根木头上，抓住我的肩膀看看！"我这么说着，从下面托她一把，让她坐到高高的扶手的横木上。她的双脚晃呀晃，一只手搭着我的肩，满足地看着银幕。

"有趣吗？"我问。

"很有趣呀！"

她只是这么回答，也不会拍拍手表示愉快或跳起来表示高兴，就像聪明的狗注意听远方的声响，默默地，伶俐的眼睛一眨一眨，她的表情让人觉得她的确很喜欢看电影。

　　我问她："娜奥密，肚子饿不饿？""不饿！我什么也不想吃。"
她虽然也这么回答过，不过，饿的时候她会不客气地说："是的，
饿了。"想吃西餐就说西餐，想吃日本面就说日本面，问她时她都
会明确地回答。

四月底的夜晚

"娜奥密,你长得像玛丽·璧克馥。"

这是什么时候谈起的呢?那是正好看了玛丽·璧克馥的电影,回家时绕到某家西餐厅的晚上,我以此当话题。

"真的?"她并未露出高兴的表情,只是不可思议地看着突然说出那样的话的我的脸。

"你自己不觉得吗?"我又问。

"我不知道像还是不像,大家都说我像混血儿。"她若无其事地回答。

"我觉得也是。首先你的名字就跟别人不一样。娜奥密是很时髦的名字,谁取的呢?"

"我不知道谁取的。"

"是爸爸还是妈妈呢?"

"是谁呢……"

"那么,娜奥密的爸爸是做什么的?"

"我爸爸不在了。"

"妈妈呢？"

"妈妈还在，不过……"

"那兄弟姐妹呢？"

"兄弟姐妹可多呢，有哥哥、姐姐、妹妹……"

后来偶尔也谈到这个话题，被问到家中事时，她马上露出有点不高兴的表情，含糊其词。一起出去玩的时候，一般我们会在前一天就约定好，到约定的时间在公园的板凳或观音堂前等候，她绝不会弄错时间或爽约。有时候我有事情耽搁迟到，会担心她因为等待太久而回去了，到了那里一看，她还在等着。一看到我，马上站起来大大咧咧地走过来。

"对不起！娜奥密！等了很久吧！"我这么说。

"是呀！等很久了！"她只是这么说，却并没有抱怨，也没有生气的样子。

有时我们约在板凳上等，天空突然下起雨来，一路上我心里想，到底她会怎么办。过去一看，她蹲在池旁祭祀某人的小祠走廊下，还是老老实实等着，我觉得她太可爱了。

那时候她的服装看起来大多是姐姐传给她的旧铭仙绸 [1] 衣服，系着毛纱友禅 [2] 的腰带，头发梳的是日本式分两边像桃子的发型，施淡粉。穿的是虽有补丁，但很适合小脚，样式不错的白色袜子。问她为什么放假日还梳日本式发型，她回答："家人说要这样子！"

---

[1] 旧铭仙绸：绢织物之一，耐穿且便宜，女性常拿来做日常衣服。

[2] 毛纱友禅：友禅，日本独特之染法；毛纱，系 mousseline 之音译，平纹细布。

还是没有详细说明。

"今夜很晚了，送你到家门前吧！"我再三这么说。

"很近，我自己回去好了。"

走到花店边，娜奥密一定会丢下"再见"两个字，就吧嗒吧嗒地往千束町的小巷跑。

是的，那时候的事没必要写得过于详细，不过我记得有一次我跟她谈得很融洽，也很深入。

那是滴滴答答下着春雨的温和的四月底的夜晚。那晚我正好在咖啡店休息，很安静，我占着桌子啜酒，喝了很久。这样说好像我喝了许多酒，但其实我酒量很差，为了打发时间，要她准备女性喝的甜甜的鸡尾酒，一小口一小口像舔似的喝，那时她送了下酒菜来。

"娜奥密，请来这里坐一下！"我仗着酒醉的胆子说。

"什么事？"她说着，乖乖地坐到我旁边。我从口袋里掏出敷岛香烟，她马上帮我点火。

"没问题吧？我们在这里稍微聊一聊。今晚看起来不忙。"

"这种情形很少有呀！"

"经常都很忙吗？"

"好忙呀！从早忙到晚。连看书的时间都没有。"

"那娜奥密很喜欢看书咯？"

"是呀，很喜欢。"

"都看些什么呢？"

"看各种杂志呀！只要是书，什么都行。"

"令人佩服。既然那么想看书，去念女校怎么样？"

我故意这么说，然后注意看娜奥密的脸。她好像生气了，板起脸，往别的地方注视着，而她的眼中的确浮现出好似悲伤、无奈的神情。

"娜奥密，你真的想学习吗？如果想的话，我让你念书。"

即使我这么说，她还是没吭声。我再次以安慰的口气说："娜奥密，不要不说话，说说看，你想做什么？想学什么？"

"我想学英语。"

"哦，英语和……只有这个吗？"

"还有音乐。"

"我出学费，你去学吧！"

"上女校太晚了，我已经十五岁了。"

"哪里的话，女的跟男的不同，十五岁并不晚。而且，只学英语和音乐不用上女校，另外请老师就行了。你真的想好好念？"

"真的呀。真的可以让我念？"娜奥密说着，突然盯着我的眼睛看。

"真的呀。不过，娜奥密要是念书就不能在这里上班，这样也可以吗？你要是不上班，我领养你、照顾你……我负责到底，把你教育成出色的女性。"

"好啊，如果可以这样的话。"她毫不犹豫地说道。听了这干脆利落的回答，我不由得感到吃惊。

"那么，你不上班啦？"

"是呀，不上班了。"

"娜奥密，你自己觉得这样可以，但你妈妈和哥哥会怎么说？要问问家人的意见吧？"

"家人的意见，不问也没关系。没有人会说什么的。"

虽然她嘴上这么说，但是，她是很在意的，这一点是明确的。她讨厌自己家里的内幕让我知道，习惯性地故意装作什么都不在乎的样子。既然她那么讨厌，我也不想勉强。不过，为了实现她的愿望，还是要去她家拜访，和她的母亲、哥哥恳谈一次。这件事之后，我提过好多次："让我见见你的家人吧！"她每次都表现得很不高兴。"不用，不见面也没有关系。我自己说就行了。"这是她固定的说辞。

现在娜奥密已成为我的妻子，为了"河合夫人"的名誉，不惹得她不高兴，我没必要披露娜奥密的家境和出身，因此尽可能不触及，大家看到后面自然会明白。她家在千束町，十五岁当咖啡店的女服务生，绝不让人知道自己的住处，无论是谁应该都可以想象到那大概是怎样的家庭。不！不只是这样，最后我说服她让我见了她的母亲和哥哥，他们对自己的女儿、妹妹的贞操几乎完全不当一回事。我跟他们商量，她本人说喜欢学习，在那样的地方打工很可惜，如果没问题的话，请把她托付给我。我虽然没有很多事，但正好需要一个女服务生，做做打扫厨房、抹抹擦擦的工作，这期间我让她接受教育，当然我的个人经济情况、单身等全部说清楚，"如果能这样，对她本人的幸福……"的确是缺少说服力的说辞。如娜奥密说的，没有见面的必要。

那时的我深刻地感受到这世上居然还有如此没有责任感的母亲和哥哥，因此也更觉得娜奥密可怜、悲哀。依她母亲的说法，他们"其实希望这个孩子当艺伎，她本人没这意思，也不能一直让她游手好闲，没地方去就丢到咖啡店"，是这样的缘由，"要是有人领养她，让她长大成人，也就放心了"，大概是这样的情况。怪不得她讨厌待在家里，每到假日就会跑到户外游玩，或者去看电影。了解到这样的内情，总算解开了我心中的谜团。

这样的家庭，对我，对娜奥密来说都非常幸运。与娜奥密家人说清楚之后她马上向咖啡店请假，娜奥密每天和我四处找寻将来一起居住的房子。我工作的地方是大井町，我希望尽可能找上班便利的地方。星期日我们很早就在新桥的火车站碰头，工作日下班后在大井町会合，我们从蒲田、大森、品川、目黑的郊外，一直转到市内的高轮、田町和三田一带。回程时一起吃晚饭，有时间就看电影，或者到银座的街道散步，之后她回千束町的家，我回芝口的出租屋。那阵子确实缺少出租的房子，一直找不到合适的，像这样的日子我们过了半个月。

如果那时候，在春光明媚的五月的星期日早上，有人注意到在大森附近绿叶繁茂的郊外路上，一个像公司职员的男子和头发梳成桃状的寒碜少女并肩走着的话，会怎么想呢？男的叫少女"娜奥密"，少女叫男的"河合先生"，既非主仆，也不是兄妹，不像夫妇，亦非朋友。彼此有点距离似的交谈，一路寻问地址，欣赏附近的景色，时不时看看四处的树篱、住家的庭院、路旁开着的花香美色，在晚春长长的白昼下幸福地四处闲逛的这两人，铁定是个奇怪的组合。谈到花，我想起她很喜欢西洋花，知道许多我不知道的花的名字，而且还知道很多难记的英语花名。她告诉我，在咖啡店打工时，她一直负责插花瓶的花，自然记得花的名字。路过的庭院里，偶尔看到有温室，眼尖的她马上停住脚步："啊！好漂亮的花！"

"那么，娜奥密最喜欢什么花？"我这么问。

"我最喜欢郁金香。"她曾这么说过。

生长在浅草千束町那样垃圾满地的城市中，反而使娜奥密更憧憬广阔的田园生活。三色堇、蒲公英、莲花、樱花……看到那样的花朵长在田边或乡下的路上，娜奥密就马上小跑过去摘。走了一整天，她的手里满满地拿着摘来的花，扎成花束，小心翼翼地带回家。

"这些花都枯萎了，丢掉吧！"我这么说，她却不理会。

"没关系，浇了水很快就能活过来，放在河合先生的桌上很配呀！"道别时她常把花束给我。

这样到处搜寻，却找不到适合的房子，犹豫到最后，我们租了距离大森车站约一公里的省线电车路线附近的一栋相当粗糙的洋房，所谓的"文化住宅"——那时这个词还没有那么流行。用石棉瓦铺的屋顶，坡度很大，高度差不多有整个房子的一半以上。

像个火柴盒似的，外侧是白色的墙壁，有几处装有长方形的玻璃窗。正面的门廊前有一块小小的空地，称不上庭院。从外观看来，住在里面不如画在画上有趣，听说这栋房子是某位画家盖的，他娶了个模特儿做老婆，两个人住着。因此，房子的结构很不合理，居住相当不方便。一楼只有大得不像话的画室、狭窄的玄关、厨房，二楼有两间屋子，一间三张榻榻米大，另一间四张半榻榻米大，此外还有一间阁楼储藏室，没什么用场。画室的室内有梯子通往顶层阁楼，从那里上去有带扶手的走廊，有如剧场的看台，可以俯视画室。

娜奥密最初看到这栋楼房的"风景"感叹道："啊！好时髦！我喜欢这个家。"非常满意的样子。而我看她那么高兴，马上赞成租赁。

可能娜奥密的想法像个小孩，即使房间的构造不合理不实用，但她对有如童话书中的插画般样式新奇的房间感到好奇。的确，优哉的青年和少女尽可能不为家务所累，想以游戏的心情住下来，这里是最适合的。想必之前的画家和女模特儿也是以这种心情住在这里的！其实只有两个人，单是那一间画室已经足够起居之用了。

童话之家

　　我领着娜奥密搬到"童话之家"是五月下旬。住进去之后我发现，这里并没有想象中那么不方便，从日照充足的阁楼可以眺望大海，朝南的前庭空地适合做花坛，只有偶尔从家附近通过的省线电车是瑕疵，不过，还隔着田地，并不会那么吵。这么说来，这里确实是无可挑剔的家。不仅如此，因为这房子不适合一般人家居住，所以房租很便宜。尽管那时候物价总体低，但是不用交押金，一个月租金二十日元，这点让我很满意。

　　"娜奥密，往后你不要叫我'河合先生'，叫我'让治'吧，我们就像朋友那样生活。"这是搬家那天我跟她说的。

　　当然，老家那边我会告诉他们这次我从公寓搬出去，自己有了房子，不过，只是说雇用了一个十五岁的少女代替女佣，倒没有说跟她"像朋友一样"生活。从老家来访的亲戚很少，总之，到了必要的时候，应该让他们知道时我再说。

　　有一段时间，我们搜寻、购买适合这独特的新居的家具，为了如何摆设、装饰而忙碌，不过日子却过得很快乐。我尽可能启发她的兴趣，购买小物件时让她表达自己的意见，尽可能采用她脑中想出来的方案。像衣橱、长火盆那样常见的家具，尽管家里没有太多地方摆放，我也会让她自由选择，花心思把她养成自己喜欢的样子。我们找到便宜的印度印花布，娜奥密用她灵巧的手将它缝成窗帘；把从芝口的西洋家具店找到的旧藤椅、沙发、安乐椅、桌子放在画室，在墙上挂两三张玛丽·璧克馥等美国女明星的照片。本来寝室的家具我也想尽可能采用西洋式的，但要买两张床所费不赀，况且棉被、寝具从乡下老家寄来的话会很便宜，最后我不得不放弃了原先的想法。

然而，从乡下给娜奥密寄过来的是让女佣用的寝具，蔓藤花纹图案的被褥，又薄又硬。我总觉得不好意思，说："这个太差了。用我的一床棉被跟你换。"

"不！没关系，我用这个就行了。"

她猛地盖上被子，孤独地睡在二楼三张榻榻米大的房间里。

我睡在她隔壁——二楼四张半榻榻米大的房间。每天早上醒来，我们躺在被窝里朝着对方的房间打招呼。

"娜奥密，醒了吗？"我说。

"嗯，醒了。现在几点？"她回答。

"六点半哟。今天早上我做早饭给你吃。"

"哦？昨天是我做的，今天让治做也好。"

"很麻烦，要不然我们吃面包算了？"

"好啊，只是，让治好狡猾呀！"

我们想吃饭的话，就用砂锅煮，不盛到碗里，直接把砂锅端到桌子上，配罐头之类的吃起来。如果连这样也觉得麻烦，就吃面包，配牛乳、果酱，或者吃两块西式点心。晚餐以乌冬面或日本面凑合。如果想吃好一点的，我们就去附近的西餐厅。

"让治，今天请我吃牛排嘛！"她常这么要求。

吃完早餐，我留娜奥密在家，自己到公司上班。早上她整理花坛的花草，下午锁上家门去学英语和音乐。我觉得学英语，一开始就跟西洋人学比较好，所以娜奥密隔一天便去一次住在目黑区的美国老太太哈莉森那儿学口语和阅读，不懂的地方我会在家帮她复习。音乐方面，我就完全不懂了。我听说两三年前从上野的音乐学校毕业的一个女性在自己家里教声乐，就让娜奥密每天到芝口的伊皿子那里学一个小时。娜奥密穿着丝绸的上衣，配上深蓝色的波西米亚的裤裙，黑色袜子配上可爱的短靴，以喜悦的心情上学，完全是女学生模样，她的理想终于实现了。有时在她下课后于街上和她相遇，她看起来根本就是在千束町长大的少女，不像是咖啡店的女服务生。发型方面，她不再梳成桃子形状，而是系着缎带，下面梳起辫子搭在肩上。

我在前面说过"像养小鸟的心情"，自从我收养她之后，她的气色逐渐变得健康，个性也慢慢改变，真的就像只快乐的、活泼的小鸟。而那间大大的、空荡荡的画室，就是为她而设的大鸟笼。五月底，爽朗的初夏到来。花坛里的花日渐长大，色彩增多。傍晚，她上完课，我从公司回到家，从印度印花布窗帘透进来的阳光，把漆成白色的四壁照得有如白天。她穿着法兰绒的单衣，光着脚趿着拖鞋，在地板上踩着拍子唱刚刚学会的歌曲。有时与我玩捉迷藏或摸瞎子的游戏，我们在画室里跑来跑去，从桌子上跳过去，或钻入沙发底下，弄翻了椅子，这还不够，有时我们会爬上楼梯，在看台一样的阁楼的走廊上，像老鼠一样来回窜。有一次我当马，让她骑在背上，在整个房间里爬来爬去。

"嘿！嘿！"

娜奥密喊着。她用手帕当绳子，让我咬着。下面这件事也是这么玩的时候发生的——娜奥密哈哈大笑着，不停地上下楼梯，她太高兴了，没留神一脚踩空，从楼梯上滚下来，哭了起来。

"怎么了？哪里撞到了？让我看看！"

我边说着边抱起她，她还是抽抽搭搭地哭，掀起袖口让我看，可能是滚下来时碰到钉子什么的了，右手肘破了皮，血渗出来。

"什么呀，这么一点小伤就哭！过来，我帮你贴橡皮膏！"

贴上膏药，撕开手帕当绷带包扎的时候，娜奥密已经泪眼模糊，眼泪鼻涕直流，抽噎的脸有如小孩。然而，后来的运气不好，这伤口化了脓，五六天都好不了，我每天帮她换绷带，没有哪一次她是不哭的。

那时候的我是否已经爱上娜奥密了呢？这一点我自己也不清楚，可能是已经喜欢上了。我心里的打算是养育她，把她教养成高尚的妇人，光是这样我就心满意足了。那年夏天，公司给了我两星期假期，依每年的惯例，我回故乡，然后把娜奥密送回浅草她的老家，把大森的家上锁。到了乡下，这两个星期的假期让我感到单调、寂寞。那时我才开始觉得，原来那孩子不在身边是这么无聊，或许这就是恋爱的开始。于是，我在母亲面前编造种种理由，比预定的日子提早回东京，虽然已是晚上十点多，但还是急匆匆从上野的停车场雇出租车赶到娜奥密的家。

"娜奥密，我回来了。车子在转角处等着，我们马上回大森！"

"哦，好的，我马上走。"

她让我在格子门外等着，不多时就提着小小的包袱出来。那是非常闷热的夜晚，娜奥密穿着有点发白的、宽松的、有淡紫葡萄花纹的软棉单衣，用宽而鲜艳的浅红色丝带系着头发。那软棉布是不久前盂兰盆节时我买给她的，她在自己家里找人缝制成单衣。

"娜奥密，这些天你每天都在做些什么呢？"我问她。

车子往热闹的广小路开动，我和她并肩而坐，稍稍向她凑过脸去。

"我每天去看电影呀！"

"那，都不寂寞吗？"

"是呀，并不觉得寂寞什么的。"她说着，想了一下，"让治比预定的日子早回来呢！"

"在乡下无聊，提早回来。还是东京最好。"

我这么说着，又叹了一口气，以无可言喻的怀念心情眺望窗外闪烁的都会夜晚，和那些灿烂的灯影。

“不过，我觉得夏天的乡下也不错。”

“那也要看是哪里的乡下。像我家是杂草丛生的百姓家，附近的景色平凡，也没有名胜古迹，从白天开始，知了、蚊蝇就嗡嗡叫，燥热得让人受不了。”

“真的是那样的地方？”

“是那样的地方。”

“我想去那里泡海水浴呀！”娜奥密的语调像腻人的小孩那么可爱。

“那么，这几天我就带你去凉爽的地方。你说是镰仓好呢，还是箱根？”

“大海比温泉好。人家真的想去嘛！”

光是听她天真的声音，跟以前的娜奥密无异。然而，不知怎的，只有十天左右的时间不见，她的身体似乎突然长大了，软棉的单衣下是随呼吸起伏的丰腴的肩膀和乳房，我不偷瞄都不行。

“这件衣服很合身呀，是谁帮你缝制的？”过了一会儿，我问她。

“是妈妈帮我做的。”

“家人怎么说？有没有说花色选得很好？”

“有呀！说选得不错，只是花样太时髦……”

“是妈妈说的吗？”

“是呀！家人什么也不懂。”她这么说，眼神似乎往远方凝视，“大家都说我完全变了个人。”

"有没有说变得怎么样?"

"变得时髦得可怕。"

"是呀!我也这么觉得。"

"真的吗?你曾说过你不喜欢我梳日本发髻,所以我都没再梳过。"

"那缎带呢?"

"这个?这是我在寺内商店街买的。怎么样?"说着,她歪着头,让风吹拂她蓬松、毫无油气的头发,露出浅红色的缎带给我看。

"嗯!很配呀!比日本发髻不知好多少倍!"

"哼!"

她仰起下巴,微微耸起蒜头鼻子,露出有点生气又得意的笑容。说得不好听点,这种有点任性的耸起鼻尖的笑是她的坏习惯。不过,在我看来,却是个聪明的样子。

在镰仓

娜奥密频频催促："带我去镰仓嘛！"我终于打算做两三天的旅行，八月初出发。

"为什么只有两三天？去那里的话不待个十来天没意思呢。"临出发时她露出有点不满的表情，抱怨道。而我以公司忙为借口从乡下提早赶回来，要是泄了底，在母亲面前会有点不好意思。可是，我要是这么说，娜奥密会觉得没面子，于是我说："噢，今年就两三天，忍耐一下，明年带你到别的地方。这样可以吧？"

"可是，只有两三天！"

"话虽如此，要是想游泳，回来在大森海岸也可以游，不是吗？"

"我不要在那么脏的地方游。"

"好了好了，别不懂事，乖孩子！这样吧，我买衣服补偿你。对了，你不是说想要洋装吗？那么我做一套洋装送你。"

被"洋装"的"饵"钓住了，她终于释怀了。

在镰仓，我们投宿在长谷的金波楼，一家不太高级的海滨旅馆。有一件小事，现在想来还觉得可笑。我口袋里还有这半年大部分的奖金，本来只停留两三天，也没必要太节俭。加上我跟她是第一次外宿旅行，高兴得不得了，因此，为了留下美好的印象，不想过于节俭，要住一流的旅馆，最初我是这么想的。然而到了那一天，从走进开往横须贺的二等舱开始，我们就觉得胆怯。因为火车上有许多去逗子或镰仓的夫人和小姐，形成"灿烂夺目"的队伍。混在其中，我个人还好，娜奥密的打扮就显得非常寒碜、庸俗。

当然，因为是夏天，那些夫人、小姐不可能过分装扮，然而，可能因为出身于上流社会，她们和娜奥密一比，气质明显不同。尽管娜奥密与在咖啡店工作时已经判若两人，但由于出身不好，我有一种她无法飞上枝头变凤凰的感觉，无疑，这种感觉娜奥密自己会更强烈。平常觉得时髦的她，那时穿着软棉材质的葡萄花纹的单衣，看起来是多么不搭调。并排坐的妇人当中也有人只穿一件和服单衣，但她们不是手指上的宝石散发光芒，就是拿在手上的东西极为奢华，有如在诉说着她们的富贵，而娜奥密的手上除了光滑的皮肤之外，没有一件足以夸耀的、光亮的东西。我现在仍然记得娜奥密很不好意思地把自己的阳伞藏在袖兜后边。这也难怪，那把阳伞虽是新款，但谁都看得出是七八日元的便宜货。

我们想投宿到三桥，或者狠下心来住到海滨饭店，但是当我们来到海滨饭店门前，大门的庄严豪华有一种压迫感，于是我们在长谷的街上来回走了两三趟，最后选定当地二三流的金波楼。

旅馆里有许多年轻学生投宿，让人静不下心来，我们每天都在海边度过。有着野丫头性情的娜奥密只要看到海就高兴，已经忘记火车里的沮丧事。

"无论如何，我要在这个夏天学会游泳！"

说着，她紧抓我的手腕，在水浅的地方啪啪地来回玩水。我用双手抱起她的身体，让她趴着浮在水面，或者让她紧紧地抓着木桩，我抓着她的脚教她踢水的方法，有时故意突然松手让她喝咸海水。玩腻了就学冲浪，或躺在海边翻滚、玩沙子。傍晚租船划向深海——她常在泳衣外系一条大毛巾，有时坐在船尾，有时以船舷为枕仰望蓝天，旁若无人地唱起她最得意的那不勒斯的船歌《圣·露西亚》，声音高昂。

> *O dolce Napoli*（亲爱的那不勒斯），
>
> *O soul beato...*（哦！有福的灵魂……）

她用意大利语唱着，那相当不错的女高音响彻在傍晚无风的海上，我陶醉其中，静静地划桨。"再往那边，再往那边！"她想在海浪上一直划行，不知不觉间日暮降临，星星闪烁着从空中俯视我们的船，周围暗下来，她的身体被白色毛巾包裹住，轮廓模糊。只有欢快的歌声不止，不知重复了几次《圣·露西亚》，然后是"Lorelei"（《流浪之民》），选喜欢的部分唱，随着船缓缓前进，歌声持续……

　　这种经验，大家年轻时都有过吧，而我那时是第一次经历。我是个电气技师，与文学、艺术缘薄，连小说也很少看，当时能想起的只是夏目漱石的《草枕》。对了，我记得其中有"威尼斯继续下沉，威尼斯继续下沉"这句话。我和娜奥密在船中摇晃，透过夕霭的帷幕眺望陆地的灯影，不可思议地在心头浮出这句话，不知怎的，我萌生出一种想和她就这样漂向不可知的世界的心情，我沉醉其中，几乎热泪盈眶。像我这么粗俗的男人能体验到那样的气氛，镰仓的那三天绝非毫无意义。

　　不！不只是这样，老实说，那三天之中我还有一个重大的发现。我虽然和娜奥密同住，但她究竟是何体态，坦白说我没机会了解，说得露骨些，我并没看过她赤身裸体的样子，而这次是真正看到了。她第一次到由比滨的海水浴场，前一晚我们特地到银座买了深绿色泳帽和泳衣，娜奥密穿着它们出现时，说真的，我看着她均匀的四肢不知有多高兴。是的，我实在太高兴了。因为我之前从她穿着衣服的样子猜测过她身体的曲线，如今看来，果然如我想象。

　　"娜奥密呀娜奥密，我的玛丽·璧克馥，你的身材多么匀称啊！看！你那优美的手。看！你那像男子一般笔直的双腿。"

　　我不由得在心里呐喊，不由得想起电影里常看到的活泼的泳装女郎。

　　没有人喜欢详细描写自己老婆的身体吧！即使是我，轻率地谈论后来成为我妻子的她的那些事，让更多人知道，总归不是件高兴的事。不过，要是都不说的话，有碍故事的进行，如果连这个都避开，那么写下这就变得没有意义了。因此，娜奥密十五岁那年八月，站在镰仓海边时，是怎样的身姿呢？我非要写在这里不可。当时的娜奥密，跟我站在一起，比我矮一寸左右——我先说明，我的体格尽管健壮如牛，身高却只有五尺二寸，算是矮个子。她的骨架明显的特点是上半身短，腿长，隔着段距离看，感觉比实际高很多。她的身体是 S 形，凹下非常深，凹下的最底部是十分具有女人味的圆形隆起的臀部。那时候我们看过那个有名的游泳健将安妮特·凯勒曼（Annette Kellerman）小姐主演的人鱼电影《众神的女儿》，我说："娜奥密，你模仿一下凯勒曼！"

她站在沙滩上，两手往天空伸展，摆出跳水的姿态，两腿紧紧并拢，之间毫无缝隙，从腰到脚踝形成一个细长的三角形。她带着得意的样子说："让治，我的腿怎么样？是不是很直？"

她一边说着一边走走停停，在沙子上伸直腿，满意地欣赏着自己优美的身姿。

娜奥密身体的另一个特点表现在从脖子到肩膀的线条。肩膀……我经常有机会触碰她的肩膀。因为娜奥密穿泳衣时，常到我旁边来，说："让治，帮我扣一下！"让我帮她扣肩上的扣子。像娜奥密那样溜肩、脖子长的人，通常脱下衣服会是瘦瘦的，她却相反，肩膀厚实、漂亮，而且有着饱满壮实的胸部。帮她扣扣子时，她深呼吸或扭动胳膊，后背的肌肉就如同波浪般起伏，泳衣紧紧绷在她那如山丘般结实的肩膀上，仿佛随时会断裂开来。一言以蔽之，她确实有着充满力量、洋溢着"年轻"与"美丽"的肩膀。我偷偷地拿她和那附近的许多少女比较，觉得像她那样拥有健康的肩膀与优雅颈部的，再无第二人。

"娜奥密，稍微静一静，再动的话扣子就扣不上去了。"我边说着，边抓住泳衣的一角，有如把大东西往袋子里塞一样，用力把扣子往她肩上压下去。

有这般体格的她，喜欢运动、性格外向是理所当然的。实际上，娜奥密只要做需要用手脚的事，无论是什么都显得十分灵巧。在镰仓学了三天游泳，之后每天在大森的海岸拼命练习，那个夏天她终于学会了游泳。之后又学习划船、开快艇……学会了好多事。玩了一整天，到天黑时她筋疲力尽嚷着："好累呀！"然后带着湿答答的泳衣回来。

"啊——肚子饿扁了！"她往椅子上一躺。有时嫌做晚餐麻烦，就在回家路上顺便去西餐店，两人像比赛似的吃得饱饱的。牛排吃完还是牛排，喜欢牛排的她能轻轻松松吃下三盘。

那一年夏天，快乐的回忆如果写下去会变得没完没了，我想，就在这个地方打住吧！不过，最后一件事绝不能漏掉，从那时候开始，她洗澡时，我用海绵块帮她洗手脚和后背成了习惯。起初是因为娜奥密想睡觉，去澡堂嫌麻烦，为了洗掉她身上的海水，我会在厨房烧水给她洗澡。

"娜奥密，这样睡着可不行，身体黏糊糊的，到澡盆里去，我帮你洗！"

　　她乖乖地听我的话，让我帮她洗澡。这样的事后来成了习惯，到了凉爽的秋天也没停止，最后我们在画室的角落设了西洋式洗澡间、防滑垫，周围用屏风围起来，整个冬天都洗。

第一次

观察敏锐的读者，看过前面的故事，可能会想象我和娜奥密已有了超越普通朋友的关系。事实并非如此。随着日月的流逝，我们彼此心中产生了一种类似"理解"的东西。然而，她只是个十五岁的少女，而我自己如前所说，是一个不仅没有与女人交往经验的"正人君子"，而且也觉得对她的贞操有责任，因此很少因一时冲动超越"理解"的范围。当然，我心里认定，除了娜奥密，没有其他女人可以当自己的妻子，如今，在感情上更无舍弃她的道理，这种念头越来越根深蒂固。由于这样的想法，我更不想以玷污她的方法，或玩弄的态度去碰触那件事。

我跟娜奥密第一次发生那种关系是在我们住在一起的第二年，那是娜奥密十六岁那年的春天，四月二十六日——之所以记得那么清楚，其实那时候，不，在更早之前，从帮她洗澡的时候开始，我每天都会在日记里记录和娜奥密有关的趣事。那时候的娜奥密，体态一天比一天更像女人，越来越成熟，富有韵味。有如生下婴儿的父母记录小孩的成长过程——"开始笑""开始说话"，我以

同样的心情，在日记里写下一些自己注意到的事情。即使现在我
有时也翻翻它，大正某年九月二十一日，即娜奥密十五岁的秋天，
这么写着：

> 夜晚八点洗澡。海水浴时被晒黑处还没恢复。只有穿着泳
> 衣的部分是白色的，其他部分都黑黑的。娜奥密的皮肤本来很
> 白，因此更明显，即使裸体看来也像穿着泳衣。我说"你的身
> 体像斑马"，娜奥密觉得有趣，笑了……

之后大约过了一个月，十月十七日：

> 因为日晒脱皮的部分逐渐恢复，皮肤反而比以前更光滑，
> 变成非常美的肌肤。我洗她的手，她默默地注视着从皮肤上滑
> 下来的肥皂泡沫。我说："好漂亮呀！"她说："真的很漂亮！"
> 又加一句，"我是说肥皂泡沫！"……

下面是十一月五日：

> 今夜开始使用西洋澡盆。娜奥密还不习惯，在水中滑来滑
> 去，哈哈大笑。我说："像大 baby！"她回应叫我"papa"……

是的，"baby"与"papa"的称呼在后来时有出现。娜奥密有

事缠着我或撒娇时，常开玩笑似的叫我"papa"。

我在日记上加上"娜奥密的成长"这样的标题。不用说，只记录有关娜奥密的事。不久，我买了照相机，利用不同的光线，在各个角度拍摄她越来越像玛丽·璧克馥的脸，贴在日记本上。

谈日记把话题岔开了，总之，依日记所述，让我和她有了切也切不断的关系的事发生在我们来到大森第二年的四月二十六日。原本两人之间已经有了心照不宣的"默契"，不是谁引诱谁，几乎连一句话都没谈到这方面，默默地就发生了这样的事。之后她在我耳边说：

"让治，一定不要抛弃我呀！"

"抛弃？那样的事绝不会有，放心好了！娜奥密应该很了解我的心吧……"

"是的，当然了解，不过……"

"那是什么时候开始了解的？"

"什么时候呢……"

"我说要收养你时，娜奥密怎么看待我？有没有想过我把你教养成人，将来想和你结婚？"

"我想，大概是那么打算的吧……"

"那么娜奥密是以做我老婆也可以的心情来的咯？"还没等她回答我，就用力抱住她继续说下去，"谢谢！娜奥密，真的太感谢了，你充分地了解我……老实说，我没想到你能成为我心目中理想的女人。我的运气太好了。我会一辈子疼爱你的……只有你……就像世间常有的夫妻那样，决不亏待你。你要知道，我为你而活。你的愿望，无论是什么，我一定让你达成。你要多念书，成为有用之人……"

"是！我会认真念书，一定会成为真正让让治喜欢的女人……"

娜奥密眼中含泪，不知不觉我也哭了。那一晚我们两人谈话到天亮。

那件事之后不久，我们在我的故乡，从星期六下午待到星期日，我第一次跟母亲坦白自己跟娜奥密的关系。坦白的原因是娜奥密似乎担心我家的人怎么想，为了让她安心，而且我也希望这件事能光明正大地进行，因此我尽快向母亲报告。我老实陈述我对"结婚"的看法、为何想娶娜奥密为妻，以老人家能够接受的方式。母亲从一开始就了解我的个性，她相信我，只说：

"你既然有这样的打算，娶那个孩子为妻也行。只是，那个孩子的老家是那样的家庭，容易产生麻烦，要注意以后不要多生事端。"

虽然公开结婚是两三年之后的事，不过，我想早一点把娜奥密的户籍迁过来。于是，我马上向千束町那边交涉，本来就漫不经心的娜奥密的母亲和兄弟毫无异议，很顺利地谈成了。他们尽管漫不经心，但看起来也不是坏心肠的人，自始至终都没提到跟金钱有关的话。

虽然娜奥密入了籍，我和娜奥密的亲密程度却并未因此而急速发展。别人还不知道，我们表面上仍然像朋友，不过，我们已是谁也不用顾虑的法律上的合法夫妇。

"娜奥密。"有一次我对她说，"我跟你往后也像朋友一样生活好吗？一直到永远……"

"那永远都叫我'娜奥密'吗？"

"那当然啦，或者我叫你'太太'？"

"人家不要……"

"要不然叫'娜奥密小姐'？"

"我不要'小姐'，还是叫'娜奥密'好了，一直到我说要叫我'小姐'为止。"

"那么我也永远是'让治先生'咯？"

"那当然了，没有别的叫法了嘛！"娜奥密仰躺在沙发上，手里拿着蔷薇花，频频拿到唇边玩弄，突然又说，"是吧，让治先生？"说着张开双手，紧紧抱住我的脖子。

"我可爱的娜奥密……"我几乎无法呼吸，头被捂在她的袖子下面，"我可爱的娜奥密，我不只是爱你，老实说我崇拜你呀！你是我的宝贝，是我自己发现、打磨出来的钻石。因此，为了让你成为美丽的女人，我什么东西都可以买来送你。我的薪水也可以全部给你。"

"不用，不用给我那么多。既然这样，不如让我多学习英语和音乐。"

"学东西很好！我马上买架钢琴给你。让你变成在西洋人面前也毫不逊色的淑女，你一定可以的。"

我常说"在西洋人面前"或"像西洋人一样"的话，她当然也喜欢。

"怎么样？这样我的脸看起来像不像西洋人？"娜奥密边说着边在镜子前面摆出各种表情。看电影时她似乎很注意女明星的动作，璧克馥这样的笑容啦，比娜·梅妮凯莉的眼神是这样的啦，杰拉儿汀·华娜的头发常梳成这样子啦……最后她把自己的头发解开，尝试着梳成各种发型。她能捕捉到女明星瞬间的动作，这一点确实高明。

"好厉害呀！模仿得真像，即使是演员也做不到。因为你的脸像西洋人呢！"

"真的吗？哪一部分最像呢？"

"鼻子和牙齿呀！"

"哦？是牙齿？"

接着她发出"咿"的声音把嘴唇张开，端详镜子中自己的牙齿。那真是一颗颗有光泽的、美丽的牙齿。

"不管怎样，你跟日本人不一样，穿一般的日本和服没什么意思，干脆穿洋装算了！即使穿和服也要穿不一样的，怎么样？"

"那……穿什么样子的？"

"以后女性会越来越活泼，那种有压迫感、无趣的衣服一定不适合。"

"我穿窄袖的和服，系宽腰带不行吗？"

"窄袖的和服并不是不好。什么都行，尽可能穿看起来新奇的衣服，既不像日本式的，也不像中国或西洋式的，那种独一无二的衣服。"

"要是有的话，你会为我定制？"

"我一定为你定制。我会为娜奥密定制各种样式的衣服，每天换着穿给我看。不是丝绸那么高级的东西也可以，针织或铭仙绸就行了，但是样式要有特色呀！"

后来，我们常常去布料行、百货公司的专柜搜寻布匹。那时候，我们几乎没有哪个星期日不去三越或白木屋的。总之，一般女性穿的，娜奥密和我都不满意，要找到满意的并不容易，随处可见的布料行，我们认为不行，后来就到印花布店、床上用品商店、衬衫及洋装布料店等专卖店寻找，有时还专程跑到横滨，逛华人街或者专门卖给外国人的布料行，一整天搜寻下来的结果是两人都疲惫不堪，脚僵硬如石，尽管如此，我们还是四处搜寻"猎物"。我们走在路上也小心留意着，注意西洋人的打扮、服装，留意到处可见的展示橱窗。偶尔看到稀奇的东西，会大叫："那块布怎么样？"然后马上进入那家店，要店员从橱窗里拿出布料，披在她身上或从下颔处往下垂，在她身上比来比去。即使只是闲逛不购买，对两人来说都是有趣的享受。

最近，日本女性将蝉翼纱[1]、乔其纱、棉巴里纱等面料制成单衣逐渐流行开来。其实，最开始注意到这些材质的应该是我们。娜奥密奇妙地适合那样的质料。而且，正经的衣服材质不适合制成窄袖，制成像睡衣样式的单衣，或将布匹往身上缠几圈，用别针固定下来，让她在家里晃来荡去，站在镜子前面摆出各种姿态拍照欣赏。她的身子被像纱那样透明的白色、玫瑰色、淡紫色的衣服包裹着，活像一朵大花一样美丽，嘴里嚷着"摆这样看看""摆那样看看"，我抱起她，或让她躺下、坐下、走路，就算欣赏几个小时也不厌倦。

就这样，她的衣服一年中不知增加了多少套。她的房间放不下那些衣服，便随手到处乱挂，或者揉成一团扔在一旁。你可能会觉得，买个衣橱不就解决了吗？我们认为这些钱不如拿来买衣服，而且这是我们的一项爱好，没必要那么精心地保存。衣服数量虽多，但都是便宜货，随买随穿，穿破为止，随便摆在看得到的地方，喜欢时换穿多少遍都很方便，而且随意摆放的衣物还可以充当房间的装饰品。画室有如剧场的试衣间，椅子上、沙发上、地板的角落，甚至楼梯上、阁楼的扶手上，没有哪个地方不扔衣服。而且，这些衣服大多很少洗涤，她习惯直接穿上，所以每一件都有些脏脏的。

这些衣服，大多数的裁剪方式都非常奇特，能穿着出门的大

---

[1] 蝉翼纱：organdy，为极薄的棉布，称玻璃纱或蝉翼纱。

概只有一半。其中有娜奥密非常喜欢的缎子做的夹层衣服和短外褂，她偶尔会穿着到户外散步。缎子是夹了棉花的，短外褂、和服是整体无花纹的虾色，连草鞋的鞋夹子、短外褂的扣子都是虾色。其他的，无论衬领、腰带、腰带扣、衬衫的里子、袖口，还是反窝边都是淡蓝色。就连腰带也是用棉缎子做成的，中间薄，带幅窄，可以把胸部托高。她说衬领布需要缎子，就买了缎带贴上去。大多是夜晚出去看戏时，娜奥密穿着这身衣服，走在乐座剧院或者帝国剧场的走廊上，没有人不回过头看她。

"那个女的是谁？"

"是女明星吗？"

"大概是个混血儿吧！"

听到这样的窃窃私语，我和她都感到很得意，便经常故意在附近晃来晃去。

穿那样的服装就已经那么让人觉得不可思议，那比这个更奇特的装扮呢？再怎么标新立异的娜奥密也不可能穿着更夸张的奇装异服到户外去。其实，那些更奇怪的衣服，不过是摆在房间里，为了便于我欣赏她的容器罢了。我的心态有如把一朵花插入各式各样的花瓶欣赏。对我而言，娜奥密是妻子，也是世上少有的人偶，是装饰品，所以不足为奇。而她在家时几乎没有穿过正儿八经的衣服。从美国舞台剧的易装得到启示，我们定制了三套黑色天鹅绒西装，这恐怕是最花钱、最奢华的室内服装。她穿着那样的衣服，把头发弄得卷卷的，戴着鸭舌帽，像猫一样妖艳。夏天不用说，即使是冬天，在炉火温暖的房间里，她也经常只穿一件宽大的室内衣或者泳衣。她的鞋子，光是刺绣的中国鞋、拖鞋就不知有多少双。而且，大多数场合她都不穿袜子，常常赤脚穿上那些鞋子。

那孩子很聪明

当时，我尽力讨她喜欢，让她做所有她喜欢的事，另一方面又严格教育她，没有放弃要把她雕琢成一位伟大的、了不起的女性的初衷。不过，仔细推敲这"伟大的""了不起的"的意义，连我自己也不清楚。总之，以我极单纯的想法，脑中有的是"无论站在哪里都不感到羞耻，近代的、时髦的女性"，极为模糊的概念。把娜奥密塑造成"伟大的"与"像人偶一样珍重的"，这两者是否能够同时成立呢？这种想法现在想来有点蠢。沉溺于她的爱，鬼迷心窍，连那么容易分辨的道理也完全无法了解。

"娜奥密，游玩时好好玩，念书时要好好念书。你要是变得了不起，我会买各种东西给你的。"我像是念口头禅似的说。

"是，我会念书，而且一定会变得了不起！"

被我那样一说，娜奥密常这样回答。每天晚饭后，我帮她复习大约三十分钟的英语会话和阅读。那时候她照例穿着天鹅绒的衣服或睡袍，脚尖拽着拖鞋窝在椅子上。尽管我一直唠叨，她还是把"玩耍"和"读书"混在一起。

"娜奥密，怎么搞的，这种态度！读书的时候要坐有坐相……"

听我这么一说，娜奥密会马上缩一下肩膀，发出像小学生一样的撒娇的声音，说："老师，对不起！"或者说："河合老师，请原谅！"

我以为她会偷瞄一下我的表情，她却忽然把脸蛋凑过来。"河合老师"对这位可爱的学生没有严格要求的勇气，斥责就变成天真的恶作剧。

娜奥密在音乐方面的学习我不了解，英语从十五岁起受教于哈里逊小姐，已约有两年，因此，应该相当不错才是。阅读从第一册学到第二册的一半，会话课本用的是 *English Echo*（《日用英语会话教本》），语法书用的是神田乃武的 *Intermediate Grammar*（《中级语法》），相当于初中三年级的水平。然而，不管我怎么用偏袒的眼光看，娜奥密恐怕都将不及二年级的水平。我觉得不可思议，不应该是这样子的，于是我拜访了哈里逊小姐。

"不，没有这回事。那孩子很聪明，学得很好。"那位胖胖的、人很好的老小姐只是笑眯眯地这么说。

"是的，那个孩子是聪明的孩子，所以我觉得英语不该这么差。念是会念，可是，要她翻成日语或解释语法就……"

"不！那是你的错，你的想法不对。"老小姐依然笑嘻嘻的，插嘴说，"日本人学英语都想到语法和翻译。其实，那是最糟糕的。你学英语时，脑中不可以想语法，也不可以翻译。依照原文反复读，这才是最好的方法。娜奥密的发音非常美，而且阅读也很好，我相信很快就会变好的。"

老小姐确实说得也有道理，然而我的意思并不是说要系统地背诵语法规则。学了两年英语，念到第三册，至少过去分词的用法、被动句法、主动语句的应用应该会，然而，让她试着把日文翻译成英文，根本不像话，几乎比不上中学的差生。阅读再怎么厉害，这样读终究培养不出实力。究竟两年间教了什么、学了什么，我都不清楚。可是，老小姐完全不理会我不满意的表情，用一副完全放心的高傲态度点点头，重复说："那孩子很聪明。"

我想，西洋教师对日本学生有一种偏爱，或者说有一种先入为主的观念。也就是说，他们看到有西洋人味道、时髦、可爱的少年或少女，马上会觉得那孩子聪明，老小姐的这种倾向尤为明显。哈里逊小姐频频夸奖娜奥密应该就是这样的缘故，脑中已经认定她是个"聪明的孩子"。正如哈里逊小姐所说，娜奥密的发音极为流畅，因为她有着一般人难以达到的声乐素养，因此，光是听她的声音就会觉得非常漂亮，可以把英语说得相当好，我们根本望尘莫及。因此，很有可能是哈里逊小姐被她的声音骗了。说到她有多喜欢娜奥密，令我惊讶的是，我到她房间，看到化妆台的镜子旁边贴得满满的都是娜奥密的照片。

我内心对她的看法和教授方法相当不满，但西洋人那么偏爱娜奥密，称赞她是聪明的孩子，这正合我意，有如自己被夸奖，难掩喜悦之情。不仅如此，本来我——不！不只是我，日本人无论是谁大概都会这样——在西洋人面前就没了主见，没有勇气明确陈述自己的想法，面对她怪怪的却侃侃而谈的自语时，我想说的都没说出来。管他的！既然对方是这样的看法，我就照我的办法做，不足之处我在家里给她补上就行了。内心这么决定着，嘴里却说：

"是，确实是这样，如您所说。这样我也明白了，放心了。"

我做出暧昧的、讨好人的笑容，就这样不清不楚地快快而回。

"让治，哈里逊怎么说？"那晚娜奥密问我。她的口气让人听来是那么恃宠而骄。

"她说你学得很好，西洋人不懂得日本学生的心理呀！她说你发音很好，念得流畅就可以了。我觉得那是大错特错。你的记忆力的确很好，因此也善于背诵，可是让你翻译却什么都不会，那就跟鹦鹉一样，学再多也没有用！"

那是我第一次以斥责的口气说娜奥密。她站在哈里逊小姐一边，像是说"你看吧"，还得意地动动鼻子。我不仅生气，像她这个样子，不知道能不能成为"伟大的女性"，我亦感到非常担心。英语问题姑且不论，若是个连语法规则都无法理解的头脑，越往后越令人担心。男孩子为什么要在中学学习几何或代数？主要目的并非应用，而是让思考变得缜密，目的是磨炼，不是吗？即使是女孩子，现在不一定要有分析能力，可是，将来变为妇人就不能是那个样子。何况，想成为"不输给西洋人那样的""了不起的"女性，不能没有组织分析的能力，因此娜奥密的学习进度让人担心。

我多少有点固执，以前只复习大约三十分钟，从那次之后，我每天教她日文英译和语法必须在一小时或一个半小时以上。而且，这段时间不允许边玩边学习，我常常厉声斥责娜奥密。娜奥密最缺乏的是理解力，因此，我故意不教她细微的部分，只给她一点提示，引导她，让她自己发挥。例如学语法的被动式，马上向她提出应用问题，我说：

"把这个译成英文看看！如果刚刚学的你了解的话，这个问题你不可能不会。"

之后我就不说话，很有耐心地等她说出答案。答案即使错误，我也绝不说是哪里错了。

"这是什么？你还不了解是吗？再看一遍语法，重做！"

多次退回去。她实在做不出来时我会说：

"娜奥密，这么容易的都做不出来怎么办？你到底几岁了……同样的问题不知改了几次，还是不懂，你到底在想什么呢？哈里逊小姐说你很聪明，我一点都不觉得。连这个都不会，到学校去就是差生呀！"

我越讲越激动，声音也越来越大。娜奥密涨红着脸，最后哭出来，也是常有的事。

平时感情很好的两个人，她笑我也笑，未曾争吵过，一直这么和睦——一到学英语的时候就彼此心情沉重，感觉像要窒息。每天我必定生一次气，她也非涨红脸不可，刚才两人的心情还好好的，突然双方都变得紧张，甚至几乎用带着敌意的目光瞪着对方。其实在那时，我忘了让她变成"伟大的女性"的最初动机，对她的没志气感到焦躁，从心里憎恨起来。对方如果是男的，我气不过，说不定会揍他一拳。虽然没揍她，但盛怒之下还是会骂她："笨蛋！"有一次甚至用拳头轻敲她的额头。这么一来，娜奥密也执拗得很，即使知道的也绝不回答，泪流在脸颊上，像石头一样默不作声。娜奥密一旦这么乖张起来，固执得惊人，始终不认输，最后还是我投降，不了了之。

曾发生过这样的事："doing""going"这类现在分词前面一定要加上系动词"to be"，再怎么教她就是无法理解。现在也常犯"I going""He making"这样的错误，我发脾气，接连骂几句"笨蛋"，然后又详细给她解释，说得嘴巴都酸了。最后，让她把过去、未来、未来完成、过去完成各种时态的"going"写出来看看，令人沮丧的是，她还是不会，还是写"He will going""I had going"。我不由得动怒："笨蛋！你真是大笨蛋！跟你说过多少次绝不可以说'will going''had going'，你还是不懂！不懂的话就练习到懂。今晚一定要弄懂，即使练习一整晚。"

然后我使劲用铅笔敲着桌子，把簿子推到娜奥密面前，娜奥密嘴巴闭得紧紧的，脸色发青，眼皮上翻，一直瞪着我。突然她把簿子抓过去撕成碎片，狠狠丢到地板上，又以令人害怕的眼神瞪着我的脸。

"你想干什么！"我瞬间被她那如猛兽般的气势压倒，过了一会儿才这么说，"你想反抗我吗？以为做学问随随便便就行吗？说要努力读书当个伟大的女性，现在怎么了？撕破簿子是什么意思？给我道歉，不道歉的话我就不放过你！今天就给我搬出这个家！"

然而娜奥密还是固执地不吭声，只在脸发青的嘴边浮现一种像哭的浅笑。

"好！你不道歉也行，现在马上给我从这里滚出去！出去！"

我想，不这样的话就吓不到她，于是我突然站起来，把她脱下来扔在一边的两三件衣服揉成团用包袱巾包起来，从二楼的房间拿了钱包来，拿出两张十日元纸钞，递给她说：

"喂！娜奥密，包袱巾里有内衣裤，拿着它今晚就回浅草。这里有二十日元。不多，拿去当零用钱。过些日子找个时间再把话说清楚，行李明天就送过去。娜奥密，怎么了？为什么不说话！"

尽管不服输，但毕竟还是小孩子，被我这么说，娜奥密有点怕的样子，很后悔似的把头埋得低低的，不敢抬起来。

"你很固执，而我一旦话说出口，绝不会就算了的！要是认为自己不好就道歉！否则就回去……选择哪一边？赶快决定。是道歉呢，还是回浅草？"

她摇摇头说："不要！不要！"

"那是不想回去？"

"嗯！"她点点头。

"那是要道歉了？"

"嗯！"又点点头。

"这样的话我就原谅你，磕头认错！"

　　娜奥密不得已将两手贴在桌子上——那样子像把人当傻瓜似的，心不甘情不愿地，脸转向旁边，马马虎虎地磕了个头。

　　她以前的个性，就是这么傲慢、任性。或许是我娇纵她的结果？总之，随着时间的流逝越来越严重。不！其实或许不是越来越严重，而是十五六岁时当她是小孩子，撒个娇就轻轻放过，长大之后依然故我，就觉得管不了。以前她再怎么撒娇，只要我一骂她，她就会乖乖听话，这阵子却稍有不如意就马上噘起嘴。如果她抽泣，我还觉得有点可爱，然而，有时我严厉斥责她，她眼泪也不掉一滴，像小孩子一样装糊涂，或者翻白眼，目光成一条直线，简直像瞄准我一样。如果眼睛有电流的话，那么娜奥密的眼睛会有大量的电流吧！我常常这么觉得。为什么这么说，因为她的眼睛炯炯有神，不像是女人的眼睛，而且还有着深不可测的魅力，要是被她使劲瞪着，真有一种不寒而栗的感觉。

肉体

　　那时候，我心中的失望与爱慕——两种互为矛盾的情绪彼此争执。也许自己的选择是错误的，娜奥密并非我期待的聪明女子——这个事实，无论我用多么偏袒的眼光也无法否认。日后她变成了不起的妇人的希望，现在的我已觉悟到这完全是梦。的确，出身不好的人毫无竞争力，千束町的女孩适合当咖啡店的服务生，受身份不符的教育终究一事无成——我深深感到没有办法。但是，我一方面感到没法子，另一方面却越来越被她的肉体强烈地吸引。是的，我特别强调的是"肉体"，怎么说呢？因为除了她的皮肤、牙齿、嘴唇、头发、眼睛，以及其他一切的姿态之美，没有丝毫精神上的东西。也就是说，她的头脑背叛了我的期待，而肉体方面却越来越趋于理想，不，比理想更美丽。"笨笨的女人""没办法的家伙"，我越想越被她的美所诱惑。这对我而言，是不幸的。我逐渐忘记"塑造"她的纯粹心，反而被牵引着，顺序倒过来了，等到察觉到这样不行时，自己已经无能为力了。

　　"世间的事并非都能按照自己的意思。我想从精神与肉体两方面让娜奥密变得更漂亮。精神方面虽然失败了，但是肉体方面不是很成功吗？我完全没想到她在这方面能变得这么漂亮。这么看来，肉体上的成功可以绰绰有余地弥补其他的失败，不是吗？"

——我勉强这么想，借此让自己的心能够满足。

"让治，这阵子英语时间不再骂我笨了呢！"娜奥密很快就看出我内心的变化。学问方面迟钝，看我脸色这方面她的确很敏感。

"讲太多你反而会顶撞，结果不好，所以我改变方针了呀！"

"哼！"她用鼻尖笑，"就是嘛！那样子一直被骂笨蛋，我绝不会听话呢！我，老实说，那些问题都思考过了，就是故意让让治为难，装作不会，让治不知道吧？"

"真的吗？"

我知道娜奥密是虚张声势，不服输，故意这么说，故作惊讶状。

"当然！那样的问题没有人不会的。你真的以为我不会？让治才是大笨蛋。每次让治生气时，我都觉得可笑到不行呀！"

"真拿你没办法，完全摆了我一道呀！"

"怎么样？我比较聪明吧！"

"嗯，很聪明，我比不上娜奥密呀！"

读者们呀，我下面插入一则可笑的故事，不过请不要笑我！怎么说呢？我在上中学时，历史课上曾学过安东尼与克娄巴特拉[1]。

---

[1]克娄巴特拉：通称埃及艳后，是古埃及的托勒密王朝最后一任女法老。

各位也知道吧！那个安东尼在尼罗河上与屋大维军队展开船战，而跟着安东尼来的克娄巴特拉看到己方形势不好，突然在中途掉转船头逃走。安东尼看到这薄情的女王舍自己而去，也顾不了存亡危急之际，把战争抛在一旁，自己紧追女王而去。

历史老师那时对我们说：

"各位！这个叫安东尼的男子跟在女的屁股后面跑，最后丧失了生命，历史上没有像他这么笨的人，成了古今无双的笑谈。哎呀！英雄豪杰也落到这种地步……"

他说得很逗趣，学生们看着老师的脸一起哄然大笑，我当然也是大笑中的一人。

重要的是这里，我当时对安东尼这个人那么迷恋薄情的女人感到不解。不！不只是安东尼，在他稍早之前也有像尤利乌斯·恺撒（Julius Caesar）那样的豪杰，因为克娄巴特拉而丢面子。这样的例子还有很多。我们探讨德川时代的内部纠纷，或者一国的治乱兴废之迹，一定能从历史的背后找到非常厉害的妖妇的圈套。而那所谓的圈套，是不是一旦被套上，无论是谁都很容易上当？是因为圈套非常阴险、编造得非常巧妙吗？似乎感觉也不是。不管克娄巴特拉是多么聪明的女性，她的智慧都不会高过恺撒或安东尼。纵使不是英雄，只要稍微保持警惕，对她的真心假意、真话假话，应该是可以识别的。然而尽管如此，明知要遭灭身之祸，却仍然自投罗网，说来也太没出息了。如果事实是这样，英雄什么的或许也没那么伟大，我私下这么认为，历史老师批评马克·安东尼是"古今无双的笑谈""历史上没有像他这么笨的人",我完全同意。

我现在也会想起那时老师说的话,以及那个和大家一起哈哈大笑的自己。每次回想起来,深深觉得今天的我已经没有笑的资格。为什么呢?那是因为我明白了,罗马的英雄会变成笨蛋的原因,被称为安东尼的人轻易上了妖妇的圈套的原因。那种缘由和心情,我现在不仅清楚、了解,甚至同情他们。

世人常说"女人欺骗男人",不过,依我的经验,女人并非一开始就要"欺骗"。最初男人自己送上门,"被骗"而沾沾自喜。看到喜欢的女人,管她说的是真是假,在男人耳中一切都是可爱的,偶尔她假装流泪靠过来——

"哈哈,这家伙想用这方法欺骗我呀,不过,你是可笑的家伙,可爱的家伙,我完全清楚你在搞什么鬼,但是,既然你精心策划,那就让你得逞一次吧……"像这样子男人在心中已做好准备,以有如让小孩高兴的心情,故意上当。因此男人并不认为自己被女人骗,反而以为自己骗了女人,心里因这么想而笑着呢。

证据在于我和娜奥密也是这样。

"我比让治聪明呀!"

娜奥密这样说,以为可以完全骗过我。我把自己装成笨蛋,装出被骗的样子。对我而言,比起揭发她笨拙的谎言,不如让她感到得意,看到她高兴的脸,自己心里就会更高兴!不仅如此,我还有因此能满足自己良心的理由。纵使娜奥密不是聪明女子,让她相信自己很聪明也不坏。日本女人最大的缺点是没有充分的自信。因此，她们和西洋女人比起来显得畏缩。近代考量美人的条件，比起容貌，有才气焕发的表情与态度更重要。好吧！即使没到自信的程度，单纯的自恋也不错，因此认为"自己聪明""自己是美人"，结果会让那女人成为美人。由于我这么想，所以不仅没告诫娜奥密自以为聪明是坏习惯，反而大大鼓励一番。我常甘愿被她骗，让她越来越有自信。

举一个例子，我和娜奥密那阵子常下象棋、玩扑克牌，认真玩的话，自然是我赢，但我尽可能让她赢，渐渐地让她以为"玩输赢方面的东西自己强得多"。

"让治，来杀一盘给你看看！"完全是把我看扁的态度向我挑战。

"好，就下一盘复仇战——我要是认真下的话不会输给你的，总认为你是个小孩，太大意了——"

"好啊，等你赢了再说大话吧！"

"好，来吧！这次一定要赢。"

话虽这么说，我却打得更差，最后还是输了。

"怎么样？让治，输给小孩不甘心吧？你已经不行了，怎么样都赢不了我啦！哎呀呀，这是怎么了，一个三十一岁的大男人，输给一个十八岁的小孩，让治似乎不知道下法呢！"

接着，她说"比起年纪，更需要头脑""自己感到懊恼也没用啦"，越来越得意忘形。

"哼！"

娜奥密像往常一样从鼻孔里发出声，目中无人地嘲笑起来。

然而，可怕的是随之而来的结果。刚开始我是为了讨娜奥密的欢心，至少我自己这么认为，可是，渐渐地成了习惯，娜奥密有了强烈的自信，现在我再怎么认真，却是真的赢不了她了。

人与人之间的胜负并非只依理智而决定，还存在着"气势"这东西。换句话说就是动物电。"赌博"的时候更是如此，娜奥密和我决战，从一开始就气势强盛，势如破竹地攻过来，我被她步步紧逼，心虚胆怯，最后被打得落花流水。

"光是玩没意思，赌一点吧？"

最后娜奥密完全尝到了甜头，不赌钱就不玩。

因此我们越赌越大，我输得越来越多。娜奥密尽管连一文钱也没有，却十钱、二十钱自己任意决定赌盘，存了不少零用钱。

"啊，要是有三十日元就能买那件衣服了……再用扑克牌赚吧！"

这么说着向我挑战。偶尔她也有输的时候，这时候她又会利用别的手段，无论何时想要钱，不赢誓不罢休。

娜奥密经常使用那一"手"，关键的时候故意随便把宽松的睡袍之类的东西，披在身上。要是形势不佳时就摆出淫荡的姿势，敞开胸口或把脚伸出来，如果这样还不奏效，就往我的膝盖靠，抚摸我的脸颊，捏着我的嘴角摇一摇，用尽一切的诱惑。我只要碰到这一"手"就会立刻软下来。尤其是她施展撒手锏——这个细节不宜写在这里，每到这时我的脑袋不知怎的就晕晕的，眼前突然暗下来，输赢什么的就搞不清楚了。

"好狡猾呀，娜奥密，使出这种手段。"

"哪里狡猾呀，这也是一种手段呀！"

我几乎晕眩过去，在一切东西看来都朦胧的我的眼中，只模糊地看到伴随着那声音一起的满脸娇媚的娜奥密的脸，浮现出奇妙笑声的那张脸……

"好狡猾呀！好狡猾呀，扑克牌里可没有那一手！"

"哼，怎么会没有，女人和男人一旦决胜负就会使用各种符咒。我在别的地方看过，小时候姐姐在家里和男人玩纸牌游戏，我在旁边看，看到使用的各种符咒哟。打扑克牌和玩纸牌是同样的，不是吗……"

我想，安东尼被克娄巴特拉征服，也是这样子，逐渐失去抵抗力，被笼络了吧！让喜欢的女人有自信是好事，但是，这样做的结果是自己失去了信心。事情到这个地步，那就很难战胜女人的优越感，会招致意外的飞灾横祸了。

十八岁的秋天

　　娜奥密正好十八岁的秋天，那是个残暑还很厉害的九月上旬的某天傍晚。那天公司没什么事，我提早一个小时回到大森的家，没想到，在进门的庭院处竟然看到一个陌生的少年和娜奥密在谈话。

　　那少年的年纪跟娜奥密相同，即使比她大，我觉得也不会超过十九岁。少年穿着白底湛蓝的单衣，戴着年轻人喜欢的、附有彩带的麦秆帽子，用手杖敲着自己木屐的前边和娜奥密聊天。一个脸有点红、浓眉、五官端正，满脸青春痘的男子。娜奥密蹲在那个男子脚下，躲在花坛后边，因此到底是怎样的姿态看不清楚。从百日草、夹竹桃、美人蕉的花间，只隐约看到她的侧脸和头发。

　　少年察觉到我，取下帽子点点头。

　　"那么，再见！"他把头转向娜奥密边说着边快步往门的方向走过来。

　　"那，再见了！"娜奥密也接着站起来，少年的头微微向后，丢下一句"再见"，走过我面前时手放在帽檐，遮住脸走出去了。

"那个男的是谁？"

我怀着小小的好奇心问，意思是"刚刚的场面有点奇怪哦！"，但并非出于忌妒。

"他？他是我的朋友，叫滨田……"

"什么时候的朋友？"

"很早了呀——他也是跟伊皿子学声乐的。脸上满是青春痘，有点脏脏的，不过唱起歌来，很棒哟！是个优秀的男中音。上一次音乐会他和我一起参加表演四重唱。"

娜奥密故意说他的脸不好看——其实这一点不说也没有关系——却使我突然起了疑心，我看着她的眼睛，娜奥密的举止沉着，跟平常的她没有异样之处。

"偶尔来玩吗？"

"不！今天是第一次，说是来到附近顺道过来的。这次想成立社交舞俱乐部，他要我一定要加入。"

我多少有点不愉快是事实，不过听她说了之后，觉得那少年完全为成立社交舞俱乐部而来，似乎不是谎言。我回想起之前在我快回来的时候，他和娜奥密在院子里谈话，充分洗刷了我的疑惑。

"那你答应参加吗？"

"我回答他考虑看看……"

她突然发出撒娇声："那，不可以参加吗？让我参加嘛！让治也加入俱乐部，一起学不就得了吗？"

"我也可以加入俱乐部?"

"是,谁都可以加入呀,是伊皿子的杉崎老师认识的俄国人教的哟。说是从西伯利亚逃来的,身上没钱正愁着,为了帮她才成立俱乐部。所以学生越多越好。好不好嘛!让我参加吧!"

"你可以,可是,我学得会吗?"

"没问题的,很快就能学会的呀。"

"可是,我没有音乐的基础。"

"音乐,跳了自然就会呀……喏,让治也一定要学。我一个人也不能跳嘛,这样一来,有时我们两人就一起去跳舞好了。每天在家里玩也不会觉得无聊呀!"

那段日子,娜奥密似乎对目前的生活感到无聊,我隐约也感觉到了。算一算,我们到大森营造共同的小窝,前后也有四年了。这期间,我们除了暑假之外,都关在这个"童话的家",与外面广阔的社交断绝了,大部分时间只有我们两个人,你看着我、我看着你,再怎么玩遍各种"游戏",最后有了无聊的感觉也是很正常的。何况,娜奥密的性格很容易喜新厌旧,不管什么游戏,开始时一头栽下去,但是绝不长久。因此,如果不做什么,即使一个小时也静不下来,要是扑克牌没兴趣,下棋也没兴趣,模仿明星也没兴趣,就到暂时被遗忘的花坛,翻翻土,播种子,或者浇水,这也只不过是排遣一时的无聊而已。

"唉!好无聊,没什么好玩的吗?"

看到她扔下弯着身子在沙发上看的小说,大大地打了个哈欠,我内心里也记挂着有没有可以改变两人这种单调生活的方法呢！在这种关键的时刻，学跳舞也的确不错。娜奥密已经不是三年前的娜奥密了。跟去镰仓时完全不同，她盛装打扮出席社交界，恐怕在许多妇人面前也不会自惭形秽——光是这么想象已让我感到说不出地骄傲。

前面我们也说过，我从学生时代开始就没有特别要好的朋友，以往过着尽可能避免无意义的社交的日子，不过，我绝非讨厌进出社交圈。我是个乡下人，不善言辞，与人应对不会耍花招，因此总是畏缩不前，但这使我反而更憧憬繁华的社会。本来我想娶娜奥密为妻，希望她是个美丽的夫人，可以每天带到各个地方，让世人评头论足一番，在社交场合希望被称赞"你太太好时髦、好漂亮……"，正因为我一直受到这种欲望的驱使，所以，我无意一直把她关在"鸟笼"里。

娜奥密说，那个俄国的舞蹈教师名叫阿列基山特拉·修列姆斯卡亚，是一个伯爵夫人。听说丈夫因为闹革命而行踪不明，还有两个小孩，然而现在也不知流落何方，最后只身流浪到日本，生活极为穷困，最终当起舞蹈老师。娜奥密的音乐老师杉崎春枝女士帮夫人筹组俱乐部，干事是庆应义塾的那个叫滨田的学生。

练习场地在三田的圣厩一个叫吉村的西洋乐器店二楼，夫人每星期二、星期五出差两次，会员从午后四时到七时，选择自己方便的时间，一次教一小时，每个月月初缴会费，一个月一人二十日元。要是我和娜奥密两个人都去，每月花费就是四十日元，尽管对方是西洋人，总觉得有点冤大头，但是，依娜奥密的说法，舞蹈跟日本舞一样，总之是奢侈的东西，这样的收费是合理的。而且，即使不那么练习，灵巧的人一个月，一般人三个月也学得会，所以虽说收费高，但大家也都可以接受。

"第一，主要是帮助一下修列姆斯卡亚，觉得她好可怜。以前贵为伯爵夫人，竟然沦落到这种地步，真的很悲哀，不是吗？听滨田说，她跳舞跳得很好，不只是社交舞，要是有人要学 stage dance（舞台舞蹈）她也可以教。就舞蹈而言，艺人的舞蹈太低级那是不行啦，让她那样的人教是最好的。"

由于这样的缘故，总之我和娜奥密入了会，每星期一和星期五，娜奥密的音乐课结束，我从公司下了班，马上在六点半之前赶到圣贩的乐器店。第一天，下午五点，娜奥密在田町的火车站等我，然后我们一起过去。那乐器店在斜坡的中间，是店面狭窄的小店。里面是一个有钢琴、风琴、留声机等各种乐器并列在一起的狭小场所，我们到那儿的时候，二楼似乎已开始跳舞，只听到喧闹的脚步声和留声机的声音。就在楼梯口的地方，五六个像是庆应的学生聚集在一起喧闹着，直直地盯着我和娜奥密看，让人感觉不舒服。

"娜奥密！"

那时有人大声亲切地喊她。我看了一眼，是那群学生中的一个，把一个扁平、像日本月琴形状的乐器，好像是叫曼陀林吧，挟在腋下，配合调子拨弄钢弦。

"你好！"娜奥密也以书生而不是女人的口吻回应，"麻，怎么样，你要不要跳舞？"

"我会呀！"

叫麻的男子，笑嘻嘻地把曼陀林放在架子上，说："不要找我。学费每个月二十日元，像是冤大头！"

"可是，刚开始学这是没办法的呀！"

"哪里，很快大家都会的，再找他们来教就行了。跳舞嘛，这样就够了，怎么样，我的要领不错吧！"

"麻好狡猾！你的要领太好了！好了，'滨先生'是在二楼？"

"是的，去看看吧！"

这家乐器店似乎是这附近学生们逗留的地方，看来娜奥密也时常来这里！店员对她也都熟。

"娜奥密，刚刚在下边的学生是做什么的？"我边跟在她后面爬上楼梯，边问她。

"那些是曼陀林俱乐部的人，讲话粗鲁，但不是坏人。"

"大家都是你的朋友吗？"

"谈不上是朋友，不过，有时候来这里买东西会碰到他们，这样就认识了。"

"那些人也跳舞吗？"

"大概不是吧！大部分跳舞的人是比学生年纪大的吧？现在去看了就知道。"

上了二楼，从走廊开头就是练习场地，映入我眼中的是五六个人影嘴里喊"一，二，三"，脚踩着拍子。把日式客厅打通两间，铺上穿着鞋子也能进来的木板，可能是为了光滑吧，再让叫滨田的男子四处小跑步把细粉撒在地板上。在白天很长的炎热夏季，夕阳从纸拉窗完全打开的西侧窗户照进来，背部沐浴着淡红的阳光，穿着白色薄丝绸的上衣，深蓝色的裙子，站在房间和房间隔间的地方，不用说，她就是修列姆斯卡亚夫人。从已经有两个小孩来猜测，她的实际年龄大概三十五六吧？看来却像是三十左右，有着贵族出身似的、面色威严的妇人——那威严多少带着点让人感到悲伤的苍白，不过，看到她坚毅的表情，潇洒的服装，胸前、手指上闪闪发光的宝石，无法让人相信她是生活有困难的人。

夫人单手持教鞭，皱着眉头，略显不耐烦的样子，瞪着正练习的人的脚，以安详、命令似的态度重复着"one，two，three"。俄国人的英语，把"three"发成"tree"的音。练习生排成列，依她的口令，踩着不熟练的步伐，来来去去，像女军官训练军队，让人想起曾在浅草的金龙馆看过的"女兵出征"。练习生当中的三人，是穿着西装的年轻男子，似乎不是学生，其余两人大概是刚从女学校毕业，哪里来的千金小姐吧！打扮朴素，穿着裤裙和男生一起认真地练习，看来是很正经的小姐，没有不好的感觉。只要有一人脚步错了，夫人马上厉声说："No！"

然后到旁边来示范。要是学得不好常犯错，夫人会大叫："No good（不行）！"

她用鞭子"咻"地抽地板，或不留情地、男女不分地抽那个人的脚。

"她教得很认真，不那样子不行呢！"

"确实是，修列姆斯卡亚老师真的很认真。日本老师就是做不到，西洋人即使是妇人，这种地方都是一板一眼，感觉很好呀。而且，上课时间无论是一个小时还是两个小时，都不休息一下，天气这么热，实在受不了，要给她买冰激凌，她说上课时间什么也不要，绝对不吃东西。"

"这样子不累吗？"

"西洋人身体好，跟我们不一样。不过，想想好可怜！本来是伯爵的太太，过着舒适的日子，因为革命沦落到必须做这样的事。"

两个妇人坐在当会客室的隔壁房间，浏览练习场的情形，佩服似的这么谈论。一个是二十五六岁，嘴唇薄而大，有着金鱼感的圆脸凸眼的妇人。头发没分边，从额头盘到头顶的发髻有如刺猬屁股般逐渐高起、膨胀，成束的地方插着很大的白色龟甲发簪，系着埃及图案的圆形腰带，戴上有翡翠的带扣，同情修列姆斯卡亚夫人的境遇，频频夸她的就是这个妇人。跟她唱和的另一个妇人，流的汗把浓妆的白粉都弄掉了，从有些地方露出来的小皱纹和粗糙的皮肤来看，大概有四十岁吧！好似一头天生的褐色头发，梳成一束，极为茂密，瘦而修长的体形，打扮得入时，但还是不能掩饰有点像护士出身的那种脸形。

而围在这些妇人当中的，有的人谦恭地等待自己的上场时间，有的人已经课程完毕，手腕交叉，在练习场的角落来回跳着。作为干事的滨田是夫人的代理，或者他自己这么认为，有时和那些人跳舞，有时更换留声机的唱片，一个人满场飞，很活跃。我心想，来学跳舞的男人跟女人不同，他究竟是什么样的社会人士？奇怪的是穿着时髦的只有滨田，其余的大概是由于薪水低，都穿着土气的深蓝色三件组合衣服，动作看来笨拙的居多。男士的年纪似乎都比我小，超过三十岁的绅士只有一人。那个男的穿着晨礼服，戴着金边厚镜片的眼镜，蓄着不合时宜的怪八字胡，似乎悟性最差，有好多次被夫人大声斥责着："No good！"被鞭子抽打。每次他都傻笑，再"one，two，three"从头做起。

那个男子，年纪老大不小，究竟是安什么心来学跳舞呢？但再想想，自己不也和那个男的一样吗？从未在公共场合引人注目的我，一想到在这些妇人眼前，被那个西洋人大声斥责的刹那，虽然说是陪娜奥密来的，仍觉得冷汗直流，觉得轮到自己时是恐怖的。

"嘿！欢迎您来！"

滨田跳了两三回，用手帕边擦拭满是青春痘的额头上的汗水，边走到旁边来。

"上一次失礼了！"

他今天有点得意似的，向我打招呼，又转向娜奥密。"天气这么热你能来太好了，要是带了扇子来，借我一下！当助教也不是轻松的差事呀！"

"滨先生跳得很好呀！够资格当助教的。滨先生从什么时候开始学的？"

"我吗？我学了半年了。不过，你们比较灵巧，马上就会，跳舞是男的主导，女的只要跟着就行了。"

"这里的男士大多是怎么样的人呢？"我问道。

"是……这个吗……"滨田的用语变得客气，"这里的人，以东洋石油股份公司的职员居多。杉崎先生的亲戚是公司的高级干部，听说是他介绍的。"

东洋石油的公司职员与社交舞！我心想是很奇妙的组合，又问道："那坐在那里留着胡子的绅士也是公司职员吗？"

"不！他不是，那位是医师。"

"医师？"

"是的，还是担任该公司的卫生顾问的医师。说是没有比舞蹈对身体更好的运动了，他是为此而来的。"

"滨先生，真的？"娜奥密插嘴，"跳舞是那么好的运动？"

"是呀！即使冬天跳舞也会流很多汗，连衬衫都湿淋淋的，就运动而言的确很好。再加上按照修列姆斯卡亚夫人那样的练习是很剧烈的。"

"那个夫人懂日语吗？"我这么问，其实我从刚刚进门就担心了。

"不！日语几乎都不懂。大概都说英语。"

"英语啊！说的方面，我不擅长……"

"哪里哪里，大家都一样，连修列姆斯卡亚夫人的英语也非常糟糕，比我们还糟糕，所以不必担心。而且，学跳舞，不必说，'一，二，三'之后靠身体的动作就懂了……"

"哦，娜奥密小姐，你什么时候来的？"

那时，跟她打招呼的是插着白色龟甲发簪的像金鱼的妇人。

"啊，老师，杉崎老师请等一下。"

娜奥密说着，拉着我的手，往那妇人坐着的沙发那边走。

"老师，我向你介绍一下，这位是河合让治。"

"哦……"

杉崎女士见娜奥密脸红，似乎不用问就知道意思，她赶忙站起来点点头："初次见面，我是杉崎。欢迎你来。娜奥密，把那张椅子搬过去。"然后转向我，"请坐。很快就轮到了！一直站着等，很累吧！"

"……"

我不记得我是怎么回答的，大概是口中念念有词而已吧！这个遣词用字客气的妇人团，对我来说是最棘手的。不仅如此，我与娜奥密的关系要怎么跟女士解释呢？娜奥密关于我们的关系到底暗示到什么程度呢？我因为疏忽忘了提前问，这一点更让人慌张。

"我跟您介绍……"女士对我的忸忸怩怩并不在意，指着鬈发的妇人说，"这一位是詹姆斯·布朗太太。这位是大井町电气公司的河合让治先生。"

那么，这位女性就是外国人的老婆了？这么说来，比起护士，不如说属于给西洋人当小老婆的那种类型，我更是拘泥，只有点点头。

"对不起！您要学跳舞，是 First time（第一次）吗？"

那个鬈发的妇人马上抓住我，就这样子聊起来了，说到"First time"的地方，发音装模作样，说得很快。

"嗯？"我张口结舌。

"是第一次吗？"杉崎女士从旁接过话。

"是这样子吧？怎么说呢？ gentleman（男士）比 lady more more difficult（女士更困难），开始的话马上就……"

我听不懂"莫——莫——"问了之后才知道是"more...more"。一切都是这种发音法，话中夹杂英语。而且日本话的腔调也是怪怪的，三句中有一句"是什么呢？"，口若悬河，滔滔不绝。

之后话题再回到修列姆斯卡亚夫人身上，谈舞蹈、语言、音乐……贝多芬的《奏鸣曲》《第三交响曲》，××公司的唱片比××公司的唱片好或不好，我很沮丧，默默不语。于是布朗太太又转而以女士为对象叽里呱啦地讲，从语气上推测，这个布朗太太应该是杉崎女士的钢琴学生吧！而像这种场合，我没办法应付，逮不到时机说"我失礼一下！"，抽不了身，因此只能夹在这些饶舌的妇人之间暗叹运气不佳，也只能奉陪到底。

终于，以留胡子的医师为始，石油公司一票人的练习结束，布朗太太把我和娜奥密带到修列姆斯卡亚夫人面前，先是娜奥密，然后是我——可能是依照女士优先的西洋式做法吧，以极为流畅的英语引见。那时，女士似乎是叫娜奥密"Miss Kawai"（可爱小姐）。我心里对娜奥密会以什么态度和西洋人应对深感兴趣，然而，平常自恋的她，在夫人面前也有一点失常，夫人说了一两句话，威严的眼角含着笑意，然后她伸出手来，娜奥密满面通红，什么也没说悄悄地和她握手。轮到我更惨，老实说，我没办法正视那苍白得像雕塑的轮廓。我默默地低着头，只轻轻地回握那双从细钻石中发出无数亮光的夫人的手。

奢华的生活

　　尽管我是个粗俗的人，但以兴趣而言，我喜好时髦，什么事都模仿西洋，我想读者应该知道的。如果我有足够的钱，可以随意行事的话，我也许会到西方生活，娶个西洋女人为妻也说不定，然而，我的境遇不允许。因此，我在日本人之中娶有西洋人味道的娜奥密为妻。另外还有一个原因，即使我有钱，但我对自身条件没有信心。我是个身高只有一米五多的矮个子，皮肤黑、齿列不整，要娶身材高大的西洋人为妻，想想就觉得太不自量力了。还是日本人娶日本人较好，像娜奥密这样是最符合我自身的条件的，这么想来，我便觉得满意了。

　　不过，话虽这么说，能够接近白色人种的妇人对我而言是一种喜悦——不！是喜悦之上的光荣。老实说，我不善交际，外语能力不强，即使费尽心力，这样的机会也一辈子都不会有，偶尔欣赏外国人表演的歌剧，认识电影女明星的脸，对他们的美像做梦一样带有少许思慕。然而想不到学习跳舞，创造了接近西洋女人，而且还是伯爵夫人的机会。哈里逊小姐另当别论，我有与西洋妇

人握手的"光荣"，那是有生以来第一次。修列姆斯卡亚夫人那
"白色的手"向我伸出时，我的心不自觉地怦怦跳，甚至犹豫了一
下是否可以握手。

　　娜奥密的手，柔软有光泽，手指细长，当然并非不优雅。
然而，那"白手"不像娜奥密那样过于纤细，手掌厚实有肉，
手指也很长，但没有柔弱细薄的感觉，"粗"但是同时也"美"
的手，给我的印象是这样。戴在手上像宝石一样闪闪发光的大
戒指，如果戴在日本人手上会觉得不好看，可是，在她手上却
让手指看起来纤细，气质高雅，增添了些许豪华感。而跟娜奥
密最大的不同是，她的皮肤异常白。白色的肌肤下淡紫色的血
管，让人联想到大理石的斑纹，有点透明的艳丽。我之前把玩
娜奥密的手，常夸奖她："你的手实在很美，有如西洋人的手那
么白！"

　　这么看来，还是有些不一样。娜奥密的手虽然也很白，但缺
乏光泽，不！一旦看过伯爵夫人的手之后，会觉得其他的手都黑
黑的。另外还有一样吸引我的注意的是指甲，十根手指头，就像
大小一样的贝壳排列在一起，每一根都有鲜艳的小指甲，发出樱
桃色的光泽，指甲前端都磨成尖尖的三角形，大概这样也是西洋
流行的吧！

　　如前所述，娜奥密和我站在一起大概比我矮一寸，而夫人相
对西洋人而言看来是小个子，但还是比我高，且穿着高高的高跟
鞋，一起跳舞时我的头常碰触到她裸露的胸部。开始时夫人说：

"Walk with me（跟着我）！"

她的手绕到我背部教我 one step（一步舞）的步法时，我是多么担心我那黑皮肤的脸会碰到她的肌肤。那光滑细腻的皮肤，对我而言远观即已足够，连握手都觉得是亵渎。不过，隔着柔软的罗衣被她抱在胸前，让我无法自处，一直担心自己的呼吸臭不臭？黏黏的、油腻的手会不会让她觉得不舒服？偶尔她的一根头发掉下来，我也会打寒战。

不仅如此，夫人的身体有一种甜甜的香味。

"那个女的腋下好臭，臭死了！"

我后来曾听曼陀林俱乐部的学生们说那样的坏话，而且听说西洋人有腋臭的多，夫人大概也是这样吧！为了祛除臭味，她经常洒些香水，而香水和腋臭混合的甜甜酸酸的味道，我不仅不讨厌，对我来说还是一种无可言喻的诱惑。让我想起那些从未见过的海的彼方的国家，世上奇妙的异国花园。

"啊，这是从夫人白色身体散发出来的香气吗？"

像我这么扫兴，最不适合出现在跳舞等欢乐气氛中的男子，虽说是为了娜奥密，后来却也不厌烦，上了一两个月的课都不中断呢！

我坦白招来，那是因为修列姆斯卡亚夫人。每个星期一和星期五的午后，被夫人抱在胸前跳舞。只是短短的一个小时，不知何时成了我那时最大的乐趣。我站在夫人面前，完全忘了娜奥密的存在。那一个小时有如香郁的烈酒，让我不能不醉。

"让治意外地很热心，我还以为你很快就没兴趣了呢！"

"怎么说呢？"

"你不是说'我哪儿会跳舞啊！'"

因此，每次谈到这件事，我总觉得对不起娜奥密。

"我以为自己做不来，跳了之后蛮愉快的。而且如医师所言，跳舞是很好的健康运动。"

"你看嘛，所以什么都不要想，先做做看就知道了！"娜奥密没有察觉到我内心的秘密，这么说着笑了。

这些日子学了不少，我觉得似乎很不错了，我们第一次到银座的黄金咖啡店是在学跳舞的那年冬天。那时候，东京的舞厅还没那么多，除了帝国饭店、花月园之外，那家咖啡店也是那时刚开张的吧！帝国饭店或花月园以外国人为主，听说对服装、礼仪的要求很多，所以刚入门时去黄金咖啡店比较好。原本是娜奥密不知道从哪里听来的，就提议道："无论如何去看看！"我还没有在公开场所跳舞的胆量。

"让治，这样不行！"娜奥密瞪着我，"说这么没志气的话是不行的呀！跳舞这件事，光是学，再怎么样都不会进步，到人群之中厚着脸皮跳就会变得熟练。"

"应该是这样子，可是，我就是缺少厚脸皮……"

"好！那我一个人去……邀滨先生、麻去跳。"

"麻是上次在曼陀林俱乐部的男生？"

"是的，他呀，从来没学过，厚着脸皮到处跳，最近跳得很好。比让治还好。所以啊，不厚着脸皮不行的……好吗，去吧！我陪让治跳……拜托一起来吧！好孩子，乖！让治是好孩子！"

于是我决定和娜奥密一起去，接下来我们又针对"穿什么去呢？"开始长谈。

"让治，等等，哪一件好？"

她从要去的四五天前就不安宁，把所有的东西搬出来，一一拿在手上看。

"那件较好吧！"到后来我觉得麻烦就随便敷衍一下。

"真的吗？不奇怪吗？"她在镜子前面团团转，"奇怪呀，人家不喜欢这件嘛！"

娜奥密马上脱下来，像纸屑一样用脚踩皱后踢开，然后又抓出下一件。这件不喜欢，那件也不喜欢，结果自然成了："喂！让治，买新的嘛！"

"去跳舞就是要穿得漂漂亮亮的，这样的衣服不吸引人呀！好吗，去买吧！反正以后去的次数多了，没有衣服是不行的呀！"

那时候，我每个月的收入赶不上她的奢华程度。本来我在金钱上是相当计较的人，单身时期限定每个月的零用钱，剩下的即使是小数目也会存下来，跟娜奥密买房子的时候还是相当宽裕的。而且，我虽然溺爱娜奥密，公司的工作却绝不偷懒，依然是勤奋工作的模范员工，逐渐受到高级干部的信任，月薪也调高了，加上一年两次的奖金，平均每个月四百日元。因此，如果是过一般的生活，两人是很宽裕的。然而，过奢华的生活却是无论如何都不够的。具体来说，首先是每个月的生活费，再怎么保守都是两百五十日元以上，有时需要三百日元。其中，房租三十五日元——本来是二十日元，四年之间涨了十五日元，再扣掉燃气费、电费、自来水费、薪炭费、洗衣费等杂费，剩下两百日元到两百三十日元，大部分都用到饮食上了。

这也是理所当然的，孩提时代单是一客牛排就满足的娜奥密，不知从什么时候，嘴越来越刁，一日三餐，每餐都说"想吃这个""要吃那个"，有着与她的年龄不相符的奢侈。而且，连自己买食材、自己做都说太麻烦，不喜欢。因此，我们常在附近的料理店叫东西吃。

"啊！有什么好吃的呢？"

一觉得无聊，娜奥密的口头禅一定是这样。而且以前只喜欢西餐，这阵子也不尽然，三次当中有一次会任性地说"想吃××屋的蒸物"或"想叫那里的生鱼片"。

中午我在公司，娜奥密一个人吃，这时候反而奢侈得更厉害。傍晚，从公司回来，我常看到厨房的角落摆着外卖的餐盒、西餐厅的餐具。

"娜奥密，你又叫了什么！像你这样子老是叫外卖很花钱的，我真受不了！一个女人学什么点外卖，你自己想想这样会不会太浪费了！"

被我这么说，娜奥密还是无所谓。

"因为一个人，我才叫的呀！做菜很麻烦！"然后她故意闹情绪，趴在沙发上。

她这副德行让人受不了。如果只有菜倒还好，有时连饭都懒得煮，最后连饭都叫外卖。到了月底，鸡肉店、牛肉店、日本料理店、西餐厅、寿司店、鳗鱼店、面包店、水果行等，各方送来的账单的总数，多到让人惊讶，娜奥密竟然这么会吃。

除饮食之外最多的是西式洗衣费。这是因为娜奥密连一只袜子也不洗，脏了的东西全部送到洗衣店。偶尔骂她一下，说第二句时就顶嘴："我又不是女佣！"

"常洗衣服手指会变粗，就不能弹钢琴了！让治怎么说我？不是说我是你的宝贝吗？既然这样，手指变粗了怎么办？"

最初娜奥密会做家务事，厨房的工作也会做，那种状态大概只持续了一年或半年。脏衣服还好，我最受不了的是家里日益杂乱、不干净。脱下的衣物到处乱扔，吃过的东西也乱放，用过的小碟子、碗、杯子，有污垢的内衣、浴衣，随意乱扔。地板更不用说，椅子、桌子没有一样不积满尘埃，好不容易才找到的印花布窗帘早就不见昔日的影子，变成了褐色，像个"鸟笼"。有童话气氛的家，完全走调，一进入屋子，一股特别刺鼻的味道就扑面而来。

我对这情形哑口无言。

"好了，好了，我来打扫，你到庭院去吧！"

我也尝试过刷刷扫扫，然而，垃圾越堆越多，实在过于零乱，想整理也无从整理。

没办法，也请过两三次女佣，但来的女佣都受不了而不来了，没有人能待到第五天的。当初没有请女佣的打算，所以女佣来了也没地方睡。来了之后我们就不能毫无顾忌地调情，两人稍微开一下玩笑也觉得没意思。并且一旦人手增加，娜奥密更是无法无天，东西也不摆正，一一支使女佣去做：到××屋订××回来！这样只比以前更方便、更为奢侈，结果，女佣变得非常不经济，对我们的"游戏"生活也是困扰，对方也觉得尴尬，而我也不希望她再待下去。

因此，每个月的生活费需要很多，我想从剩下的一百日元或一百五十日元中每月存个十日元或二十日元，然而，由于娜奥密用钱用得凶，完全没有余钱可存。她每个月一定做一件衣服。管他薄毛呢还是铭仙绸，里外都买，自己也不缝制，全部请人做，五十日元或六十日元就没有了。缝好的衣服要是不喜欢就塞在柜子里穿也不穿，要是中意的话就穿到膝盖破掉。因此她的柜子里，新旧衣服都塞得满满的。除此之外，木屐方面也奢侈。草履、驹下[1]、足[2]、日和下[3]，出外穿的木屐，平常穿的木屐，这些木屐从一双七八日元到二三十日元，大约十天就买一次，累积下来也不少。

"既然不喜欢穿木屐，只穿靴子不就行了吗？"我这么说，我

---

[1] 驹下：低齿木屐。

[2] 足：雨天穿的高齿木屐。

[3] 日和下：晴天穿的矮木屐。

喜欢娜奥密像从前的女学生一样穿裤裙、穿靴子,然而她这阵子连去学跳舞都穿便装,装模作样才出门。

"我即使这样,看起来也像江户人,打扮可以随便,脚穿的东西不能马虎!"她竟然把我当成乡下人看待。

零用钱方面,音乐会、电车车费、教科书、杂志、小说……不到三天一定会要个三日元、五日元。此外,英语和音乐的学费二十五日元,这是每个月固定的费用,四百日元的收入自然不易应付这些开销,不要说存钱什么的,还要从存款簿里提款,单身时代存的一些钱就这样一点一点花掉了。而且,钱这种东西一旦动用,就会花得很快,我们这三四年间把积蓄都花光了,现在连一毛钱也没有。

糟糕的是像我这样的男子不擅于借贷,账目不一一付清就觉得浑身不自在,所以每每到了月底都有说不出的痛苦。我责骂她:"这样用钱就撑不到月底了!"

"撑不过,就请他们等等呀!三四年都住在同一个地方,月底的账不能拖延,没这种道理呀!说明半年一定结账,不管哪里都会等的啊!让治胆子小,死脑筋不行的呀!"

她自己想买的东西一切都用现金,每个月固定付的就要我去说延到领奖金时还。说来说去她还是讨厌借贷:"我讨厌说那种事,那是男人的工作,不是吗?"

到了月底她人就不知飘到哪里去了。

因此,我可以说把自己的收入完全献给了娜奥密。让她打扮得更漂亮，不会感到拮据、不方便，让她自由地成长。由于这本来就是我的计划，所以虽然嘴里抱怨，却允许她的奢侈。这么一来其他方面就不得不缩减，幸好我自己完全不需要交际费，而且，偶尔公司有聚会时，即使不合情理我也能不去就不去。此外，自己的零用钱、服装费、便当费等，可以狠下心来缩减。每天搭的省线电车，给娜奥密买的是二等的定期票，我买的是三等。娜奥密讨厌煮饭，常叫外卖便当，这样比较贵，我便自己煮饭，也做菜。可是，这么一来，又惹娜奥密不高兴，她说："男人不要在厨房做菜，实在很难看呀！

"让治，哎呀，不要一年到头都穿同样的衣服，要稍微打扮一下，我不喜欢只有自己打扮得漂亮，让治那样子。这样的话我不要跟你走在一起哟！"

要是出门不能跟她走在一起就毫无乐趣，所以我必须准备一套所谓的"漂亮的衣服"。而且，跟她外出时电车也不能不搭二等的。也就是不能伤害到她的虚荣心，结果光是她一个人奢侈还不行。

基于上述情形，本来已经捉襟见肘，这阵子修列姆斯卡亚夫人那边又要缴四十日元，而且还要购买舞衣，真是让我一筹莫展。即使这样，娜奥密还不明事理，接近月底时如果我口袋里还有现金，还要跟我拿。

"我要是再把这些钱给你，月底就会出问题，你不知道吗？"

"有问题，总有办法解决吧！"

"有办法？什么办法？什么办法也没有呀！"

"那为什么要学跳舞呢？好啊，既然这样，从明天起就哪里都不要去！"

她这么说完，大大的眼睛里充满泪水，怨恨似的瞪着我，什么也不再说。

"娜奥密，你生气了？……喏！娜奥密转过来一下！"

那一夜，我上床之后，她背对着我，我摇着她的肩膀说。

"娜奥密，转过来一下嘛……"

我把手温柔地放在她身上，像翻转鱼身，将她朝我这边转过来，她毫无抵抗的、柔软的身体、微微半闭的眼睛，转向我这边。

"怎么？还生气啊！"

"……"

"好了！好了！……不要生气了，我来想办法……"

"……"

"喂！张开眼睛呀！眼睛……"

她的睫毛颤动，眼睑的肉往上吊，像蚌从贝壳里面偷瞄一样，蓦地张开了眼睛，正面看着我的脸。

"就把那些钱给你，可以吧……"

"可是，这样不为难吗？……"

"为难也没关系，我会想办法。"

"那怎么办呢？"

"向老家说，请他们汇款呀！"

"会汇给我们吗？"

"会的。我到现在为止从没有给老家添麻烦，而且我们两人要维持一个家需要添置很多东西，妈妈一定能够理解的……"

"真的？跟妈妈讲的时候会不会不好意思？"

娜奥密的口气是担心的，其实她心里早就有"向乡下要不就行了吗"的念头，我也隐约看得出来。我说出来是正中她的下怀。

"不会！又不是做什么坏事呀！只是我个人的主意，之前不喜欢这样才没做的呀！"

"那为什么改变主意呢？"

"看到你刚才哭，觉得好可怜才改变的！"

"真的？"

娜奥密说，像波浪涌过来般胸部起伏，浮现出害羞似的微笑。

"我真的哭了？"

"不是说哪里都不去了，还眼眶里都是泪水吗？无论到什么时候你就是撒娇的孩子，是大贝比（baby）……"

"我的papa，可爱的papa！"

娜奥密突然缠住我的脖子，嘴唇的朱印就像邮局人员盖章一样，在我的额头、鼻子、眼睑上、耳朵内部、我脸上的所有部分，毫不留空隙地"啪啪"猛盖。这动作让我感觉像茶花之类的，重重的、湿漉漉的、软绵绵的无数花瓣落下来的感觉，也让我感到在那花瓣的香味之中，我的脸完全埋入其中的梦境感觉。

"娜奥密，怎么了？你像疯了？"

"是呀！疯了……今夜的让治可爱到让我发疯了……不喜欢这样吗？"

"哪儿有不喜欢的？我很高兴呀！高兴得快疯了呀！为了你再怎么牺牲都没关系……哦！怎么了？又哭了？"

"谢谢，papa！人家感谢 papa 嘛！所以眼泪自己就跑出来……懂了吗？不能哭？不能哭就帮人家擦擦嘛！"

娜奥密从怀里拿出纸，自己不擦，把纸塞到我手中，眼睛一直注视着我，我帮她擦之前，更多的眼泪流出来，连睫毛边缘都沾上了。啊！是多么湿润、美丽的眼睛啊！我心想这么漂亮的眼泪能不能让它就此结晶保存下来呢？我最先擦她的脸颊，为了避免碰触到那圆滚滚的眼泪，擦她眼窝周围，每次脸皮松紧之际，泪珠子就变成各种形状，像凸镜、像凹镜，最后溢出来了，擦过的脸颊上又拖曳着光线流下来。于是，我又擦一次她的脸颊，抚摸她还有些湿润的眼球，然后用那张纸掩住她还小声呜咽的鼻孔："擤鼻涕吧！"我说。她"啾——"地擤了几次鼻涕。

第二天，娜奥密向我要了两百日元，一个人去了三越。公司午休时，我写信给母亲要钱。

"……这阵子物价高涨，比两三年前高得吓人，尽管节俭过日，每个月仍是入不敷出，在都市生活相当不容易……"

　　我记得我是这么写的，对母亲撒这么高明的谎，自己变得这样大胆，连自己都觉得可怕。母亲不但相信我，而且对儿子珍视的新娘娜奥密也关爱有加，从两三天之后送到手边的回信就可以明白。信中写道："也买衣服送娜奥密！"比我要的还多寄了百余日元的汇票。

舞会

　　黄金咖啡店的舞会是星期六晚上。说是从晚上七点半开始，我五点左右从公司回来，娜奥密已经洗好澡光着身子，在忙着做脸。

　　"啊，让治，衣服做好了！"她从镜中看到我马上说，一只手伸到后面，我依她所指的方向看到向三越紧急定制的和服和腰带，从包包里拿出，长长地摆在沙发上。和服是一套情侣装，掺了棉的夹衣，好像叫金纱丝绸吧，衣服带是黑色夹杂朱色的底，有花黄、叶绿到处散布的图样，腰带是用银丝缝制的，两三条波浪起伏，漂荡着几艘旧式船只。

　　"怎么样？我挑得不错吧？"

　　娜奥密的两手在刚洗过澡热气上升、肌肉均匀的肩膀到颈子上抹着白粉，用手掌边从左右拼命噼里啪啦地猛敲边说着。

　　老实说，她的体形肩膀宽厚、臀部大、胸围突出，像水般柔软的质料并不适合。穿丝绸或铭仙绸，像混血儿的女孩，有一种异国之美，穿这么正式的衣服，她看来反而粗俗，样子虽然鲜艳，却给人一种横滨一带小酒馆中的女人那种粗俗的感觉，我看她自己得意扬扬，便没有强烈反对。并且，和一身打扮鲜艳的女孩一起搭电车，出现在舞厅，我会感到不自在。

娜奥密穿好衣裳跟我说："让治，你要穿上蓝色衣装嘛！"

她拿出我的衣服，少见地帮我拍拍灰尘，还熨过。

"我觉得茶色比蓝色适当！"

"让治，笨蛋！"她惯有的斥责口气，瞪了我一下，"晚上的宴会一定是蓝西装或晚礼服呀！不能穿彩色的或柔软的，要穿硬的。这是礼节，以后要记住！"

"真是这样子吗？"

"是这样子呀，喜欢时髦却连这个都不知道，你可怎么办呢！这件蓝西装很脏了，不过西装的皱纹可以熨平，只要形不变就没问题。我都准备好了，今晚就穿这一件。还有，最近不置办晚礼服不行，不然的话我就不跟你跳舞。还有，领带要蓝色或纯黑色，也可以打蝴蝶结，鞋子要皮鞋才行，不过，要是没有，普通的黑色短筒鞋也可以，红皮鞋在正式舞会是被排除的，袜子以绢为宜，要是没有应该选纯黑色的。"娜奥密不知从哪里听来的。不只是自己的服装，连我的也管到底，到走出家门的时候，我们花了不少时间。

到了那里超过七点半，舞会已经开始。伴着喧嚣的爵士乐队声音登着阶梯而上，餐厅的椅子被搬走变成舞厅，入口处贴着：Special Dance-Admission: Ladies Free, Gentlemen × 日元（特别舞会——入场费：女士免费，男士 × 日元）"的公告，一个男孩在那里收取会费。当然，因为是咖啡店，虽说是大厅，却并不那么豪华，一眼望去，正跳着的大概有十组，即使这样的人数也够热闹了。房间的一边排了两列桌子和椅子的席位，买票进场的人各自占了位子，有时在那里休息，欣赏别人跳舞。那里有陌生男女，这里一堆、那里一堆聚在一起聊天。当娜奥密进来时，他们彼此窃窃私语，以一种异样的眼神，半含敌意，半是轻蔑的怀疑眼神，搜寻打扮得鲜艳、刺眼的她的身影。

"喂！喂！那里来了一个那样的女人哟！"

"带她来的男的是什么人？"

他们似乎在谈论我。我清楚地知道他们的视线不仅落在娜奥密身上，也落在她后面拘谨地站着的我身上。我耳朵里响着乐队演奏的声音，眼前跳舞的群众——舞技远比我高明的群众，围成一圈转动着。同时，我对自己只是一米五多的矮小男人，肤色黑得像土人，齿列不整，穿着两年前定做的不合时宜的蓝色西装，脸发烫而感到身体打冷战，脑中浮现"我不该来这种地方"的念头。

"站在这里没意思……到哪边呢？到桌子那边去怎么样？"连娜奥密都怯场了吗？在我耳旁小声说。

"可是，那样要穿过跳舞的人群，好吗？"

"没关系……"

"可是，要是撞到了别人多不好意思呀！"

"留意不要撞到就行了呀……你看！那个人不也从那里穿过去

吗？没关系，走去看看！"

我跟在娜奥密后面穿过广场的群众，脚不停地颤抖，地板光滑得似乎要把人滑倒，照顾对方相当辛苦，我差点滑倒。

"喂！"我被娜奥密瞪了一会儿，皱起眉头。

"啊，那里好像有一个空的，到那张桌子边吧！"

娜奥密还是比我胆大，在众目睽睽之下轻巧穿过人群，到那张桌子边。虽然娜奥密那么喜欢跳舞，但并没说马上要跳，总觉得她稍微有点心浮气躁，从手提袋拿出镜子悄悄补妆。

"你的领带歪向左边了呀！"她偷偷提醒我，同时留意广场那边。

"娜奥密，滨田来了不是吗？"

"不要称呼娜奥密，要说小姐呀！"娜奥密这么说，又露出为难的表情。

"滨先生来了，麻先生也来了呀！"

"在哪里？"

"看！在那里……"

她慌忙悄悄责备我："用手指人是失礼的呀！"

"看，那里，跟穿着粉红色洋装的小姐一起跳的，那是麻。"

"嘿！"

那时麻说着，向我们这边靠过来，越过同伴的女性肩膀跟我们笑一下。穿粉红色洋装的是个个子高、露出肉肉的两只手臂的胖女人，多到超越茂密的、让人感到不舒服的纯黑头发在肩膀那儿齐刷刷地剪掉，又烫成舒缓鬈曲的小波浪，用缎带缠起来；双颊红红的，眼睛大大的，嘴唇厚实，一切看来都是纯日本味道，有如浮世绘里出现的细长鼻子、瓜子脸的轮廓。我相当留意女孩的脸，没看过这么不可思议、不协调的脸。我想，这个女人应该对她自己的脸长得太富有日本味道而感到不幸，为了尽可能有西洋人味道，她似乎费了很大的苦心，仔细瞧瞧，大概露在外边的肌肤都涂了厚厚的白粉，眼圈晕着闪闪发光的铜绿颜料，如同涂着一层油漆。脸颊赤红，无疑是涂了腮红，再加上用缎带缠发的样子，实在不敢恭维，怎么看都像怪物。

"喂！娜奥密……"我不小心这么称呼，马上又改称小姐，"那个女的那样子也是小姐吗？"

"是呀！看来像卖淫的……"

"你认识那个女的吗？"

"谈不上认识，不过常听麻说。看！用缎带缠头发那个女孩的眉毛在额头的很上方，为了遮掩才缠头发，另外在下方画上眉毛。你注意看，那个眉毛是假的呀！"

"脸蛋其实没那么差，不是吗？就是红的蓝的那样子乱涂一通看来很滑稽可笑呢！"

"真是笨蛋一个！"娜奥密似乎逐渐恢复自信，以自恋的平常口吻说，"长相也一无是处！让治觉得那样的女人是美女？"

"谈不上是美女，不过鼻子高，身材也不差，要是做平常打扮可以看吧！"

"讨厌！有什么可以看的？那样的脸到处都有。而且，怎么说呢，为了看起来有西洋人味道，做了一些打扮，可是看起来不像西洋人，我不是消遣她，她看来真像只猴子。"

"和滨田跳舞的那个，好像在哪里见过？"

"是帝国剧场的春野绮罗子呀！"

"嘿，滨田认识绮罗子？"

"我们认识呀！他舞跳得很好，和许多女明星都成了朋友。"

滨田穿着有点褐色的西装，巧克力色的拳击短绑腿，在群众之中极为显眼，用他高超的舞步跳着，奇怪的是，或许有这样的舞也不一定——和女伴的脸紧贴着。那个有着纤细、象牙似的手指，用力一抱好像要被折断似的小个子的绮罗子，比在舞台上看来漂亮许多，穿着如她名字一样的绮罗的鲜艳衣裳，系着叫绸缎或是绵缎的、黑底以金丝和深绿画龙的圆形腰带。由于女方个子矮，滨田宛如嗅着她头发似的，用力将头倾斜，在耳边贴紧绮罗子的鬈毛。绮罗子就是绮罗子，额头紧贴着男伴，脸颊到眼尾都出现皱纹，两张脸、四个眼珠子一眨一眨的，身体即使分离，头和头都靠在一起跳着。

"让治，你知道那种舞吗？"

"不知道！觉得不太雅观。"

"真是的，实在下流！"娜奥密以像吐口水的口吻说，"那种舞叫贴脸舞，不是正式的场合能跳的。听说在美国要是跳那种舞会被请出场的。滨先生也真是的，装模作样！"

"那女的也真是的！"

"是呀！反正女明星什么的都是那样的人，这里不欢迎女明星来，要是来了，真正的淑女就不来了。"

"即使是男的，你也会啰唆，不过，很少有人穿蓝色西装，不是吗？连滨田都做那样的打扮……"

这是我一开始就注意到的。娜奥密一副很了解的样子，所谓礼仪只懂一点皮毛，硬是要我穿深蓝色的西装，来了一看，穿那种服装的只有两三个人，没有人穿晚礼服，其余的大都穿颜色和花样奇怪的衬衫。

"是的。不过，那是滨先生的不对，穿蓝色的才是正式的呀！"

"话虽这么说……你看，那个西洋人穿的不是钢花呢（homespun）吗？所以说，穿什么都行吧！"

"不是那样子的，人都以为只有自己才是正式的打扮而来的。西洋人那样的打扮，对日本人是不适合的。而且，像滨先生那样历经多次比赛、舞技高明的人是特别的，让治的打扮非正式的就见不得人了呀！"

大厅中的舞暂时停止，响起热烈的掌声。乐队停止，大家都想再跳久一点，于是用力吹口哨、踩脚、喝彩……然后音乐又起，停止的舞步又动了起来。过一阵子又停止，又开始……重复了两三次，最后再怎么拍手也没有用，男舞伴跟在女舞伴后面护卫着，陆续回到桌边。滨田和麻送绮罗子和穿粉红色洋装的女孩回到各自的桌子边，坐在椅子上，在女孩面前恭敬行礼之后，最后一块儿回到我们这边来。

"晚上好！来得晚呢！"打招呼的是滨田。

"怎么了？怎么不跳呢？"麻老是粗野的口气，站在娜奥密后边，从上俯视她耀眼的盛装。

"如果没有跟人约好的话，下一支舞跟我跳如何呢？"

"不要！麻跳得太差劲了嘛！"

"说什么蠢话！没缴学费，也能跳成这样子已经很了不起了！"

麻拉开大大的汤圆鼻孔，嘴唇撇成"八"字形，嘿嘿地笑："咱们天生灵巧嘛！"

"哼！不要嚣张！看你跟那粉红色洋装跳舞的样子，就知道你没安好心哦？"

让人惊讶的是娜奥密，对这个男的，说话突然变得粗鲁。

"哼！你这家伙不行！"麻缩了缩脖子搔了搔头，回头瞄了远处桌的粉红色一眼，"要说脸皮厚，我也绝不比别人逊色，可还是比不上那个女人，穿着洋装到这里抢风头。"

"那算什么？根本就是猴子嘛！"

"啊哈哈，猴子吗？猴子，说得好，真的跟猴子无异。"

"说得好，不是你自己带来的吗？麻！真的很难看，我才提醒你。想装西洋人，那副长相不可能的。关键是脸的造型，要日本、日本、纯日本的脸才行！"

"也就是说，反效果啦？"

"啊哈哈！真的是猴子的反效果的努力。像西洋人的人即使穿和服，看来还是有西洋味儿呢！"

"也就是说，像你这样啦？"

娜奥密"哼"地高耸鼻子，得意地嘻嘻笑："是呀！我看起来像混血儿哪！"

"熊谷君！"滨田似乎顾虑到我忸怩的样子，以这个姓名喊麻。

"你和河合先生是第一次见面吧？"

"脸倒是看过几次……"

被叫"熊谷"的麻，越过娜奥密的背部，对呆立在椅子后面的我投以尖锐的讨厌的视线。

"我自我介绍一下，我叫熊谷政太郎。请多……"

"本名熊谷政太郎，另一名是麻……"娜奥密仰视熊谷的脸，"麻，顺便多介绍一下自己，怎么样？"

"不！不行的，说太多就泄底了……详细情形请问娜奥密小姐好了。"

"哎呀！讨厌！详细情形人家怎么知道嘛？！"

"啊哈哈！"

被这些家伙包围着虽然不愉快，但是娜奥密很高兴，我没办法，只能笑着说："怎么样？滨田和熊谷要不要来这里坐呢？"

"让治，我口渴，买些饮料吧！滨，你要什么？柠檬汁？"

"我什么都行……"

"麻，你呢？"

"反正有人请客，我想要威士忌汽水。"

"受不了，我最讨厌人家喝酒，嘴巴臭臭的！"

"臭也没关系，不是说臭的不会被扔吗？"

"是那只猴子说的？"

"糟糕！要是她兴师问罪，我得道歉！"

"啊哈哈！"娜奥密旁若无人，笑得身体前仰后合，"喂，让治，叫服务生来……威士忌汽水一杯，然后柠檬汁三杯……啊，等等！我不要柠檬汁，改水果鸡尾酒好了。"

"水果鸡尾酒？"我听都没听过这样的饮料，娜奥密为什么知道呢？我感到不可思议。

"鸡尾酒不是酒吗？"

"骗人！让治不知道……滨、麻也来评评理，这个人怎么这么粗野。"娜奥密说"这个人"时用食指轻敲我的肩膀，"所以呀，跟我来跳舞的这个人，我们两人真的是笨手笨脚没办法。迷迷糊糊的，刚才还滑了一下差点摔倒。"

"地板太滑了呀！"滨田为我辩护似的说。

"刚开始谁都是笨手笨脚的呀，习惯之后很快就熟练了……"

"那我怎么样呢？我也还不熟练？"

"不！你是例外的，因为娜奥密胆子大……社交的天才！"

"滨先生也是天才呀！"

"嗯？我？"

"是呀，不知什么时候就和春野绮罗子成了朋友！麻你不觉得吗？"

"嗯！嗯！"熊谷翘起下唇，扬扬下巴点点头。

"滨田，你对绮罗子采取行动了吗？"

"不要开玩笑，我会做那种事吗？"

"滨先生满脸通红辩白的样子好可爱。一定是说中哪一点了……喂，滨先生，叫绮罗子来这里嘛！叫她来吧！介绍给我认识。"

"什么啦？又会说些冷言冷语的话？碰到你毒舌的日子，朋友都变成敌人了！"

"放心好了！我不会讽刺她，叫她来吧！还是热闹一点好，不是吗？"

"那我也叫那只猴子来？"

"好啊！好啊！"娜奥密回过头看熊谷，"麻也叫猴子来吧！大家就是一伙了。"

"嗯，好呀，现在舞池已开始了，和你跳一曲之后再去。"

"我不喜欢麻，不过，那没办法，就跳吧！"

"别说了，别说了，刚学会的忍不住想跳。"

"让治，我去跳一曲再回来，你要看着哦……之后再和你跳。"

我想我的脸一定露出了悲伤、奇怪的表情，娜奥密突然站起来，挽着熊谷的手臂进入又开始移动的人群之中。

"接下来是第七的狐步舞曲吗？"

只剩下我和滨田两人，似乎穷于话题，他从口袋里掏出节目表看，然后迟迟疑疑地站起来。

"对不起，我失礼一下，接下来和绮罗子小姐约好了……"

"请便，不用客气……"

他们三人走后，我不得不一个人面对服务生送来的威士忌汽水和所谓的"水果鸡尾酒"等四杯饮料，茫然地看着广场的情景。本来不是我自己想跳舞，主要是想看娜奥密在这样的地方有多么耀眼，是什么样的跳舞样子，结果这样心情反而轻松。有如被释放的安心感，认真地追寻在波动的人群之间忽隐忽现的娜奥密的身影。

"嗯！跳得不错……能跳成这样子确实不差……让她学跳舞，这孩子看来还蛮灵巧的……"

娜奥密穿着可爱的舞鞋，竖起白色袜子包裹的脚尖，身体团团转，华丽的长袖翩翩起舞。每踏出一步，衣服的下摆就像蝴蝶般上下飞舞。她纯白的手指以像艺伎拿鼓槌时的手势搭在熊谷肩上，绚烂的腰带束紧沉甸甸的胴体像一茎花，在这些舞者当中她较显眼的部分是侧脸、正面和后边的发髻。这么看来和服的确是不可以抛弃的东西。不仅如此，由于有那些穿着粉红色西服等荒诞怪异的服装的妇女存在，我暗自担心的她喜好的鲜艳色彩，就不会显得那么低俗了。

"啊！好热！好热！让治你看我跳舞了吗？"

她一支曲子跳完回到桌子边，急忙把鸡尾酒杯子挪到面前。

"啊，看了呀，一点也不觉得是才刚开始学的。"

"真的？那么下次 One step 时和让治一起跳，好吧？ One

step 的话很容易的。"

"那些人怎么办？滨田和熊谷。"

"等一下就来了呀，他们会把绮罗子和猴子拉过来，再叫两杯水果鸡尾酒就行了。"

"嗯，说来挺滑稽的……"

娜奥密注视着杯底，喉咙发出咕噜咕噜的声响，润湿干渴的喉咙。

"那个西洋人也不是朋友什么的，就突然跑到猴子那里说，请跟我跳。根本就是瞧不起人哪，也没人介绍就这么说，一定误以为人家是卖淫或什么的。"

"直接拒绝不就行了吗？"

"所以说很滑稽呀！那只猴子因为对方是西洋人拒绝不了，现在正跳着呢！真是浑蛋！丢脸！"

"你也不要这样露骨地说人坏话呀！我在旁边听着都为你担心。"

"没关系的，我有我的看法。那样的女人被这么说也是应该的，否则连我都会有麻烦。就连麻，也会有麻烦，我是提醒他才这么说的。"

"那也是男的才能说呀……"

"等等，滨先生带绮罗子来了，淑女来了要马上从椅子上站起来哟。"

"我来介绍……"滨田在我们二人面前，以士兵"立正"的姿势站着，"这是春野绮罗子小姐。"

这种场合，我自然会以娜奥密的美为标准。"这个女的跟娜奥密比是赢还是输呢？"现在在滨田后边举止文雅、嘴角自然浮现自信的微笑、一脚踏向那里的绮罗子，年纪比娜奥密大一两岁吧。然而，就活泼这点而言，或许是小个子的关系吧，跟娜奥密没有两样，然而衣裳之豪华，压倒娜奥密。

"第一次见面……"绮罗子态度诚恳，看似聪明、小而圆、亮晶晶的眼睛，稍微蹲下式地打招呼，动作优雅，不愧是女明星才有的，不像娜奥密那么粗野。

娜奥密的举止超越活泼的限度。说话的方式也不和蔼，以女性角度而言缺少温柔，很容易流于低俗。总之，她是一头野兽，相比之下，绮罗子不论是说话的方式、眼神、颈子的转动……还是举手投足，一切都非常洗练，感觉像是很小心、神经质似的，像是人工极致研磨而成的贵重品。例如她靠着桌子，手握鸡尾酒杯时，看她从手掌到手腕，确实很细。纤细到似乎承受不了那厚重垂下的袖子重量。皮肤的细嫩与色泽的鲜艳跟娜奥密相较不相上下，我不知几次反复端详她们放在桌上的四只手，不过，两人的面貌却大不相同。娜奥密如果是玛丽·璧克馥，是年轻女孩的话，那么眼前的这位，无论如何就是意大利或法国举止温雅隐含娇态的幽艳美人了。同样是花，娜奥密如果是在野外绽放的花，绮罗子就是在室内开放的花。在那肌肉紧张的圆脸之中的小鼻子，肉是多么薄，有如透明的鼻子啊！除非是相当有名的工匠制造的人偶或什么的，否则，即使婴儿的鼻子也没有这么纤细。最后我察觉到的是，娜奥密平常自傲的整齐齿列，与它完全相同的珍珠颗粒，在绮罗子有如剖开的赤红的瓜的可爱口腔之中，就像种子一样排列着。

我感到自卑的同时，无疑娜奥密也感到自卑。娜奥密不像刚才那么傲慢，有点嘲讽或冷眼静默，全场变得无趣。然而，好强不服输的她，既然是自己说了"叫绮罗子来"这一句话，于是很快就制造出顽皮搞笑的气氛。

"滨先生，不要不吭声，说说话呀！绮罗子小姐，是什么时候跟滨先生成为朋友的？"我们是这样子慢慢开始谈话的。

"我？"绮罗子说，清澄的眼睛瞬间变亮，"之前不久开始的。"

"我（わたくし，女子表示柔弱、可爱时的自称）。"娜奥密也被对方的"我（わたくし）"的语气牵引。

"刚才看您跳得非常好，已经学很久了？"

"不！我早就开始跳了，只是一点也没进步，笨手笨脚的……"

"没有这回事呀！喂！滨先生，你觉得呢？"

"算是很厉害了。绮罗子小姐是在女明星训练班正式学过的。"

"哎呀！怎么把这个说出来……"绮罗子出现腼腆的样子，低下头来。

"真的跳得很好，依我看男的之中跳得最好的是滨先生，女的就是绮罗子小姐……"

"哪里！"

"什么，开起跳舞评审会了？男的跳得最棒的不就是我吗？"

这时熊谷带着穿粉红色洋装的小姐过来。

这位粉红色洋装的女孩，依熊谷的介绍是住在青山的企业家的千金，叫井上菊子。已经快过适婚期的二十五六岁，这是后来才听说的。两三年前嫁到某地，由于太喜欢跳舞，最近才离婚。她故意在晚礼服之下露出从肩到手的装扮，大概是想以丰满艳丽的肉体当卖点吧！可是从现在的样子来看，感觉不是丰满艳丽而是年纪大的肥胖妇人。本来比起瘦弱的体格，这么多肉应该较适合穿洋装，可是，最大的问题在于她的脸。有如在西洋人偶上硬套上京都人偶的头，还有鼻子与洋装相去甚远，如果就这样也还好，但她又费心想把它们接近，这边那边过分地打扮，使得还勉强可看的容貌变得荡然无存。仔细一看，真正的眉毛应该是隐藏在头巾下，眼睛上方的眉毛明显是画上的假眉毛。此外，还有眼睛的蓝色线、腮红、假酒窝、唇线、鼻梁线等，几乎脸上所有部分都打扮得很不自然。

"麻，你讨厌猴子？"娜奥密突然这么问。

"猴子？"熊谷说，强忍住不笑出来，"怎么问这么奇妙的事？"

"我家养了两只猴子呀！所以啊！如果麻喜欢的话，我想分一只给你。怎么样，麻喜欢猴子不是吗？"

"哦，你养了猴子啊？"菊子一脸正经地问。

娜奥密觉得对方中了自己的圈套，喜欢恶作剧的眼眼发亮："是的，我养了，菊子小姐喜欢猴子吗？"

"我凡是动物都喜欢，狗、猫都喜欢。"

"猴子也喜欢吗？"

"是的！"

这问答太可笑了，熊谷脸转向侧边捧腹直乐，滨田用手帕掩嘴哧哧地笑，绮罗子似乎也感觉怪怪的，只好默默地笑。不过，菊子看来是个好人，自己被嘲弄了也没察觉。

"哼！那个女的脑筋有点问题，是不是有点血液循环不畅呢。"

终于第八支舞的 One step 开始了，熊谷和菊子走向舞池，娜奥密也不管绮罗子还在面前，以损人的口气说："绮罗子小姐，你不这么认为吗？"

"咦？什么事情呢？"

"她感觉像猴子吧！所以啊，我才故意谈猴子的呀！"

"哦……"

"大家笑成那样子，她还不明白，真是个呆子！"

绮罗子以半是厌烦半是轻蔑的眼神偷窥娜奥密的脸，一直都不发表意见。

女性的温柔

"让治，这是 One step，走吧！我跟你跳！"

接着我如娜奥密说的，终于有了和她跳舞的荣幸。对我来说，虽然有些不好意思，平常的练习可以实际试试看的正是这时候，特别是对手是可爱的娜奥密，绝非不喜欢。纵使舞技差劲到成为笑料，我的差劲反而衬托出娜奥密的高明，然而此时此刻要把平时学习的内容实际演练一番，尤其舞伴又是可爱的娜奥密，所以绝不会不高兴的。即使我跳得很糟糕，甚至会成为人们的笑柄，然而这种糟糕却可以把娜奥密反衬得极其引人注目，这正是我的真意。此外，也存在着我的虚荣心。希望听到大家说："他看来是那个女的的先生！"换句话说我希望能够以"这个女的是我的，怎么样，看我的宝贝多棒啊！"而引以为傲。想到这里觉得不好意思，但同时又觉得非常痛快。到今天为止为她付出的牺牲与辛劳，感觉似乎有了收获。

我从刚才开始总觉得她今夜似乎不想跟我跳舞！在我技巧稍微好一点之前不喜欢跟我跳，讨厌跟我跳就算了，在那之前我也不会主动说想跟她跳。就在有点想打退堂鼓的时候，她说"走吧！我跟你跳！"这一句话不知让我多么高兴。

我兴奋得有如发烧，从牵着娜奥密的手到踏出最初的一步为止我还记得，但是之后我过于入迷，越入迷就连音乐什么的都越听不见，脚步也乱七八糟，眼睛一眨一眨的，心跳加速，跟我在吉村乐器店的二楼放留声机唱片时跳的完全不一样，一进入人潮的大海之中，就不知如何进退了。

"让治先生，你怎么一直发抖呢？不好好跳不行呀！"娜奥密一直在耳边斥责。

"看！又滑开了！这是太急着转了呀！再轻一点，再轻一点！"

我被这么一说更是慌乱。加上地板为了今夜的舞会弄得特别光滑，把它当成练习场地跳，一不留神马上又是一滑。

"肩膀！肩膀不要高起来，肩膀往下拉，往下拉！"娜奥密说着，挣开我紧握的手，有时用力压我的肩膀。

"不要紧紧抓住我的手呀！好像要贴在我身上，这样不好跳，没意思呢！看，肩膀又……"像这样子，仿佛我是为了挨她骂而跳舞，甚至连她唠唠叨叨的话都进不了我的耳朵。

"让治，我不跳了！"过了没一会儿，娜奥密生气了，当大家还兴冲冲地跳安可曲时，她竟然抛下我回到座位上，"太离谱了！跟让治根本没办法跳呀！在家里多练习吧！"

滨田和绮罗子回来，熊谷回来，菊子也回来了，桌边又热闹起来！但是我完全陷入幻灭的悲哀，只默默地成为娜奥密嘲弄的对象。

"哈！哈！哈！像你这么说人家，脸皮薄的人还跳得下去吗？不要这么说，来跳吧！"

我对熊谷说的话又生气了。"来跳吧！"是什么话。究竟把我当成什么了？这个乳臭未干的小子！

"哪里的话，没有娜奥密说的那么差呀！比他更差的多的是，不是吗？"滨田说，"怎么样？绮罗子小姐，接下来的狐步舞曲你跟河合先生跳怎么样？"

"是，请……"绮罗子仍然像女明星撒娇般，点点头。

不过我慌忙摇手。"不行！不行呀！"我说着。

"哪儿有不行的呢？像你这么客气不行的啦！绮罗子，你说是不是？"

"……说真的，请！"

"不行！我实在不会跳，等学好之后再和你跳。"

"她说要跟你跳，你就跳嘛！"娜奥密命令似的说，仿佛对我而言，那是我无上光荣似的。

"让治先生只想跟我跳是不行的呀。狐步舞曲一开始就去吧！跳舞要跟别人较量才行呀！"

"Will you dance with me？"（你可以和我跳舞吗？）

那时我听到的这句话，原来是刚才不客气地来到娜奥密旁边和菊子跳舞的，身材高瘦、像女人涂了白粉的年轻老外。他在娜奥密身前屈身，背部弯成圆形，微笑着以为会说些恭维的话，却很快地让人听不懂他在说些什么。之后只有厚着脸皮说"Please please"的地方我听得懂。娜奥密也露出为难的表情，脸涨红宛如要喷出火似的，但生气不得，只是哧哧地笑。虽然想拒绝，但怎么说才最委婉呢？她的英语刹那之间一句也说不出来。老外看到娜奥密笑了，以为她有意，就说："请！"一边做出催促的动作，同时厚脸皮要她回答。

"Yes."她说，心不甘情不愿地站起来时，脸颊红得像要燃烧似的。

"啊哈哈哈，有人那么嚣张，一旦碰到西洋人就没辙了！"熊谷咯咯地笑。

"西洋人死不要脸真是伤脑筋呀！刚才我真的不知如何是好哪！"这么说的是菊子。

"请跟我跳一曲好吗？"由于绮罗子还等着，我陷入不得不这么说的"困境"。

不只是今天，严格来说，我的眼中除了娜奥密之外没有其他女人。当然，看到美女也会心动。不过，再怎么漂亮，我也只想从远处欣赏，不会想碰触。修列姆斯卡亚夫人的情形是例外，谈到那次，我那时体验到的恍惚心情，恐怕不是一般的情欲。说是"情欲"却有神韵缥缈难以捕捉的如梦感觉。对方是跟我们距离遥远的外国人，又是舞蹈老师，因此和绮罗子相比，倒还令人轻松。绮罗子是日本人，是帝国剧院的女明星，而且还穿着华丽衣裳。

然而意外的是，跟绮罗子实际跳了之后，发现她真的很轻盈。

全身柔软，像棉花，手的柔软感觉就像树叶的新芽。而且，和我
的步调配合得非常好，即使像我这么差劲的舞技，都能让我感觉
像是骑到了好马。我说"轻盈"其实本身就包含无法形容的快感。
我马上就有了勇气，我的脚自然踩出活泼的步调，有如坐在旋转
木马上，无论到哪里都可以圆滑绕过去。

"好舒畅啊！真不可思议，好有趣！"我不由得有这样的感觉。

"您跳得很好呀，跟您跳一点也不会感到难跳呀！"

……转呀转！像水车一样回转之中，绮罗子的声音掠过我耳
边……温柔的、轻轻的，多么像绮罗子的甜美声音……

"哪里，是你带得太好了！"

"不……是真的……"过了一会儿，她又说，"今晚的乐队演
奏得真好！"

"是！"

"音乐要是不好，再怎么跳也不会有劲的！"我意识到时，绮
罗子的嘴唇就在我的额头下方！看来这是这女人的习惯，像刚
才跟滨田那样，她的鬓毛也碰到我的脸颊。感觉非常柔软的头
发……还有不时泄露出来的轻声细语……对我来说，这是不曾想象
过的达到极点的"女性的温柔"。我曾长期被娜奥密这匹悍马所践
踏，而此刻绮罗子仿佛在用手亲切地抚摸我那被荆棘刺过的伤痕。

"我很想拒绝，不过西洋人没什么朋友，不同情他们就太可怜
了！"回到桌边的娜奥密带点失望的表情辩解。

第十六曲的华尔兹结束时大概是十一点半吧！这之后还有外

加的几首。娜奥密说太晚了就搭出租车回去吧，我终于说服她走到新桥赶上最后的电车。熊谷、滨田也和女性们一起送我们到银座街道那边。大家耳中似乎还响着爵士乐团队的声音，只要有人哼起某部分的旋律，大伙儿马上附和那一节，不会唱歌的我，对他们的灵敏、记忆的快速，以及年轻爽朗的声音，只感到忌妒。

"啦……啦……啦啦啦。"娜奥密以较高的声调打拍子走路。

"滨先生，你喜欢什么？我最喜欢'Caravan'(《旅行拖车》)。"

"哦，'Caravan'！"菊子的叫声有点疯狂，"那很棒呀。"

"不过，我……"这次是绮罗子接着说，"觉得ホイスパリング（hoibariagu，一种舞曲）也不错，很容易跳。"

"蝴蝶小姐最好，我最喜欢那一首！"滨田马上用口哨吹了起来。

在检票口和他们道别，我和娜奥密站在冬天晚风吹拂的站台等待电车期间，没说什么话。类似欢乐之后的寂寞，这样的心情占据我整个心头。娜奥密无疑没有那样的感觉。

"今晚很有趣，以后再去那儿！"

她开了话头，我带着失望的表情口中只回答："嗯！"

这算什么？这就是跳舞啊？欺瞒父母，夫妇吵架，大哭大笑的结果，我体验的舞会是这么胡扯的东西？那些家伙不都是虚荣心与阿谀、自恋、装模作样的人吗？

既然这样我为何要去？是为了向他们炫耀娜奥密？如果是这样，那我也是虚荣心作祟。然而我一直自以为是的宝贝又怎么样?

"怎么样？你带这个女的走在路上，真的如你自己期待的那样让路人惊艳？"我产生自我嘲讽的心理，内心里不得不这么说，"你是盲人不怕蛇。的确，对你而言这个女的是世界第一的宝贝。可是，这宝贝拿到公开的舞台上时又怎么样？虚荣心和自恋作祟！你说得好，那一票人的代表者不就是这个女的吗？自以为伟大，胡乱说别人坏话，在旁边看着就惹人厌，你以为自己是谁呢？被西洋人以为是卖春妇，而且连简单的英语也不会说一句，结结巴巴的，不是只有菊子小姐理会她吗？还有，这个女的那种粗鲁的说话方式像什么呢？纵使想装淑女，那种口吻也根本不堪入耳，菊子小姐或绮罗子远比她有气质，不是吗？"

那一晚，直到回到家，那种不愉快，或者说是悔恨，或者是失望，总归是一种形容不出来的厌烦心情一直充塞在我的胸中。

即使在电车里我故意坐在相反的一边，对自己面前的娜奥密，想再一次仔细端详。整体来看这个女的到底是哪里好，竟让我迷恋到这种程度？是她的鼻子，还是她的眼睛？这么一列举，奇怪的是对我而言经常有魅力的那张脸，今晚只觉得实在是无趣、下贱。于是，在我记忆底层，自己第一次遇到这个女人的时候，模糊地回忆起在钻石咖啡店时的娜奥密的姿态，跟现在相比，那时候好很多。天真无邪，有内向、忧郁的地方，完全不像现在是粗俗、任性的女人。我爱恋那时候的娜奥密，那样的情形一直持续到今天，其实，仔细想想，在不知不觉间，这个女人已经变成一个相当让人受不了的家伙。看她那副装腔作势的样子，好像在说那个"聪明的女子是我"；看她那副傲然的面孔，好像在说"天下的美人是我""没有像我这么时髦、有西洋味道的女人啦"。她却连英语的"a"也不会说，连 passive was 与 active was 的区别也不知道，别人也许不了解，但我可是清楚得很。

我偷偷地在脑中痛骂她，她有点向后仰，由于脸向后，从我的座位刚好可以看到她最引以为傲的、像西洋人的狮子鼻，黑黑的鼻孔，且鼻孔左右有厚厚的小鼻肉。想想我和这鼻孔朝夕相处，是最熟悉的。每晚我抱这个女人时，常从这个角度看她的鼻孔，不久前也还帮她擤鼻涕，爱抚鼻子的周围，或者有时让自己的鼻子和这鼻子，像楔子一样交叉，也就是说，这鼻子——附在这女人脸正中央的小肉块，有如我身体的一部分，绝非他人的东西。以这种感觉去看，更觉得可憎污秽。肚子饿时饥不择食，把不好吃的也吃了一大堆，随着肚子饱胀，突然察觉到刚才塞进去的东西非常难吃，胸口郁闷想吐，想来就是这样的心情吧！想到今夜我也一样要和她脸对脸而睡，便感到有些厌腻、倒胃口，我只想说："我已经吃太多！"

"这也是父母的惩罚！欺骗父母只为了自己有趣的经验，结果却没什么好事！"我这么想。

不过，读者啊，如果猜测我这样就会对娜奥密厌烦可就错了。我自己也从没有这样的感觉，只是一时间这么想而已，回到大森的家，只剩下两人，电车里那种"饱胀感"慢慢地不知跑到哪里去了，又恢复了娜奥密的所有部分，无论眼睛、鼻子、手、脚都充满诱惑，而且它们每一样对我而言都是无上的美味。

之后，我常和娜奥密参加舞会，每次都对她的缺点厌烦，归途时我心情一定不好。然而，这并不会持续长久，我对她爱憎的情绪就像猫的眼睛那样，一个晚上能变化好几次。

人的闷热气

　　冷清的大森家里，滨田、熊谷、他们的朋友，主要是在舞会认识然后变亲近的男士们，逐渐出入频繁。

　　大概都是傍晚来，我从公司回来时，大家放录音机跳舞。因为娜奥密好客，也没有小心谨慎的公职人员或年老者，加上这里是画室，既然来跳舞，他们常玩到忘记时间。开始还有点顾虑，说晚饭之前回去，然而，娜奥密硬是留下他们："等等！为什么现在要回去！留下来吃饭吧！"后来变成来了就一定要叫"大森亭"的西餐，在家用晚餐成了惯例。

　　进入梅雨季，某个湿湿的夜晚。滨田和熊谷来玩，十一点多还在聊天；外头风大雨大，雨噼里啪啦打着玻璃窗，两人嘴里都说："要回去了！"但迟迟没有动作。

　　"天气真糟糕，看来待会儿也回不了，今晚就在这里过夜吧！"娜奥密突然这么说，"可以吧？睡在这里。麻当然可以吧？"

　　"嗯，我怎么样都行，不过，要是滨田回去我也回去。"

　　"阿滨没关系呀！阿滨。"娜奥密说，并看我的脸色，"没关系的，阿滨，完全不用顾虑呀，要是冬天的话棉被不够，现在四个人总有办法的。何况明天是星期日，让治也在家，睡得再晚都无所谓呀！"

"怎么样？留下来吧！这场雨真是太大了！"我没办法，只有劝他们。

"就这样吧！而且明天还可以玩什么的，对了，傍晚还可以到花月园去呀！"

结果两人就留下来了。

"蚊帐怎么办呢？"我问。

"蚊帐只有一副，大家一起睡就行了呀。这样比较有趣不是吗？"这样的事对娜奥密是很少有的呢，有如去见学旅行，她雀跃地说。

我对此也感到意外，我本来想把蚊帐让给他们两人，我和娜奥密点蚊香在画室的沙发上过夜就行了，想都没想过四个人挤在一个房间。而娜奥密喜欢这样，对两人也没有露出讨厌的表情……我还在犹豫时，她很快就决定了："我要铺棉被了，你们三个人帮我一下！"

她边发号施令，边爬上阁楼四张半榻榻米大的房间。

我心想棉被的顺序如何安排，因为蚊帐小，四个人不可能枕头排成一列。于是三个人并列，另一个人与此成直角。

"喏！这样子可以吧？男的三个并排在那里，我一个人睡这边。"

"呀！真是天才哪！"挂上蚊帐，熊谷边往里瞧边说。

"这样真像小猪舍，大家混在一起。"

"哼！增添人家的麻烦还……"

"当然！反正今晚不会真的睡着。"

"我要睡，打鼾呼呼大睡。"

熊谷砰的一声躺下来，衣服也没脱便先钻进去。

"想睡？不会让你睡的。滨先生，不可让麻睡着，想睡就挠他呀！"

"好闷热，这怎么睡得着呀。"

斜靠在正中央的棉被里，膝盖竖起，熊谷右侧穿洋服的滨田只穿一件短裤子和内衣，瘦削的身子仰卧，小腹凹下。似乎在静静地听户外的雨声，一只手放在额头上，一只手挥着圆扇发出啪啪的声音，那声音越发使人闷热难过。

"这是怎么一回事，我有女人在旁边，就觉得睡不香甜呢！"

"我是男人呀！不是女人，滨先生不也说我不像女人吗？"

娜奥密在蚊帐外微暗处迅速换上睡衣时，我依稀看得到娜奥密白白的背部。

"这，我确实说过，不过……"

"……睡在旁边，还是觉得是女人？"

"嗯，是这样子！"

"我无所谓，我没有把你算成女人！"

"不是女人，是什么？"

"嗯，你是海豹。"

"啊哈哈哈，海豹跟猴子哪个好？"

"哪个都敬谢不敏！"

熊谷故意发出想睡的声音。我躺在熊谷的左边，默默听着三人阵阵的胡扯，心里忖度娜奥密进来这里时，头会朝向滨田和我的哪一边呢？会这么想是因为滨田把枕头摆在不偏向哪边的暧昧位置。让人觉得刚才铺棉被时，她故意那样子铺！之后枕头怎么摆都行。娜奥密换上桃色的丝绸睡衣，很快进来站着说："要不要关灯！"

"关掉好了！"是熊谷的声音。

"那就关掉了哟……"

"哟！好痛！"

熊谷叫的那一瞬间，娜奥密突然踏在他胸上，把他的身体当踏板，从蚊帐里啪的一声关掉电灯。

屋里变暗了。外头电线杆上街灯的灯光映在玻璃窗上，房间里彼此的脸或衣服都依稀可辨，娜奥密跨过熊谷的头，跳回自己棉被里的刹那，睡衣下摆敞开的风拂过我的鼻子。

"麻，要不要来一根烟？"

娜奥密并不想马上睡觉，像男人一样叉开腿大刺刺地坐在枕头上，由上往下看着熊谷问道。

"好呀！转向这边吧！"

"畜生！看来是存心不让我睡！"

"哈哈！转过来吧！不转的话要被捉弄了！"

"哇！好痛！停！停！我是活的，力道轻一点！被踩被踢，再怎么强壮也会受不了呀！"

"哈哈！"

我望着蚊帐的天花板，没看他们，但娜奥密似乎是在用脚尖踩麻的头。

"真受不了！"

熊谷说着终于也翻了身。

"麻，还没睡吧？"传出滨田的声音。

"是呀，还没睡，正被折磨着呢。"

"滨先生，你也转向这边，不然也要折磨你了哟！"

滨田接着翻个身，趴着。

同时熊谷发出咔咔的声音，是找寻火柴的声音。接着点火柴，"啪"地我的眼前闪过亮光。

"让治，你也转向这边怎么样？自己一个人做什么呢？"

"嗯……"

"怎么了？想睡觉吗？"

"嗯……有点意识模糊……"

"嗯，说得好，故意装睡吧，不是吗？是这样子吗？是不是不放心呢？"

我被说中了要害，尽管还闭着眼睛，却感觉脸涨红了。

"我没问题的，只是这样吵吵闹闹，你可以放心睡觉……如果真的不放心，就转向这边看看，不要自己硬撑着。"

"希望被捉弄不是吗？"是熊谷说的，在烟上点火，吸了一口又吐出来。

"不要！这样捉弄人也没意思呀，我们每天都这么做。"

"可亲爱得很呢！"滨田说。他不是从心里说的，对我只是客套话。

"喂，让治，不过，如果想被捉弄，我可以为你服务。"

"不！够了。"

"够了的话请转向我这边呀，一个人不跟大家一起怪怪的。"

我一骨碌转过身，下巴靠在枕头上，这么一来就看到竖膝两腿张开呈八字形的娜奥密，一只脚放在滨田的鼻尖，另一只放在我的鼻尖。而熊谷呢，头放在呈八字形的腿中间，优哉游哉地吸着"敷岛"香烟。

"让治，这副景象怎么样？"

"嗯……"

"嗯，是什么意思？"

"看不下去了，就像海豹一样。"

"嗯，海豹啊，现在海豹在冰上休息。前面躺着三只，而且都是雄海豹。"

淡绿色的蚊帐像密云笼罩般，从头上垂下来……夜晚的视线里看得到，解开的长长的头发中白色的脸……散乱的睡衣，露出来的胸部、手腕、丰腴的小腿……这模样是娜奥密经常引诱我的姿态之一，一旦她摆出这姿态，我不由得就会变成一头被诱饵引诱的野兽。我在微暗中明确感到娜奥密以惯有的似引诱的表情，以不怀好意的眼睛微笑，一直俯视着我。

"说什么看不下去那是谎话，我要是穿睡衣他常受不了，今晚大家在，强忍着呢。让治，我说中了吧？！"

"不要胡说了！"

"哈哈哈！这么嚣张的话，就让你受不了！"

"喂！喂！节制一下，那种事留待明天晚上。"

熊谷又插嘴："不小心的话，脚朝向他的人半夜被踢走也说不定哪！"

"河合先生，怎么样？她真的睡相不好吗？"

"是呀！不好，而且还不是普通的不好！"

"喂，滨田！"

"怎么了？"

"装睡舔脚底呢。"熊谷说着开始哈哈大笑。

"舔脚底有什么不好？让治经常这样呀，脚比脸可爱呀。"

"那家伙是拜物教呢。"

"是这样子吧！让治，不是这样吗？你其实比较喜欢脚呢？"

之后，娜奥密说"不公平的话不好"，便每隔五分钟脚转向我，再转向滨田，好多次在棉被上这边那边地躺。

"好了，这次是脚对着滨先生！"

虽是躺着把身体当圆规一样团团转，旋转时两脚高举踢蚊帐的顶，或者把枕头从那边丢向这边。本来褥子的一半就露在蚊帐外面，由于"海豹"的活跃情况过于激烈，把蚊帐角掀起，有几只蚊子趁势飞进来。"蚊子跑进来了，这怎么行呢！"熊谷一跃而起，开始打蚊子。不知是谁踩到蚊帐，吊钩断了掉下来。掉下来这段时间娜奥密更是粗野。修理好吊钩，重新挂起蚊帐又花了好长一段时间。感觉这样的吵闹，似乎可以稍微平息时，已是东方开始泛白时分。

雨声、风声、旁边睡着的熊谷的鼾声……我耳朵听着这些声音，终于进入朦胧之际，却稍有动静又醒过来。毕竟这个房间两个人睡都嫌过于狭窄，加上附着在娜奥密肌肤或衣服上的香味与汗味，发酵般笼罩着。而今夜又增加了两个大男人，更让人感受到忍受不了的闷热，在密闭的墙壁之中，有着让人以为发生地震般、几乎令人窒息的闷热。有时熊谷翻个身子，湿黏黏的手或膝盖彼此碰在一起。而娜奥密呢，枕头虽然在这边，却一只脚放在枕头上，另一条腿拱起膝盖，脚背伸进我的棉被里，头歪向滨田，两手张得开开的，即使好动的姑娘也累了？睡得很香甜。

"娜奥密……"

我看大家平静的鼻息，口中这么念着，抚摸我棉被下的她的脚。啊，这个脚，这睡得香甜雪白的美丽的脚，这的确是我的东西，这脚从她还是小姑娘时开始，我每天晚上放进热水里用肥皂清洗，而这柔软的皮肤，从十五岁开始她的身体逐渐伸长，只有这个脚有如不会长大般依然小巧可爱。这拇指还是那时候的样子。

小拇指的形状，脚踝的圆滑、鼓起来的脚背的肉，一切不都是那时的样子吗？我不由得把嘴唇凑向她的脚背轻轻地吻。

天亮之后我似乎又蒙眬入睡，不久，在哄然的笑声中醒过来，娜奥密把纸捻伸进我的鼻孔。

"怎么样？让治，醒过来了！"

"啊，已经几点了？"

"已经十点半了呀，醒过来也没事，就睡到雷声响吧！"

雨停了，星期日的天空，万里无云，房间里还残留着人的闷热气。

君子

　　当时，我这么散漫的情况，公司里应该没有人知道。我把在公司里的工作和在家里的生活截然分开。当然，处理事务之际，脑中也常闪过娜奥密的影子，不过，这并不至于影响到工作，何况别人也察觉不到。在同事眼中我看来依然像君子吧，也这么深信着。

　　然而，有一天，梅雨还没有完全结束的时候，郁闷的晚上，我的同事之一的波川技师，奉公司之命出国，送别会就在筑地的精养轩举行。我依例出席，聚餐会结束，甜点上完，大家陆续往吸烟室移动，大家边喝利口酒（liqueur）边开始叽喳闲聊时，我心想可以走了，于是站起来打算告辞。

　　"喂，河合君，请坐下！"

　　哧哧地笑着阻止我离开的是一个叫 S 的男子。S 已有微醺味道，跟 T、K、H 等人占着一张沙发，准备把我硬拉到中间。

　　"不要逃得那么快嘛，准备去哪里呢？外面还下着雨呢……" S 说着，抬头看向不知如何是好愣在那里的我，又一次哧哧地笑。

"不！没有要去哪里……"

"你会直接回去吗？"说这句话的是 H。

"对不起，让我失陪。我住在大森，这样的天气路不好，不早点走会没车子呀！"

"哈哈！说得好听。"这次是 T 说的。

"喂，河合君，你的秘密我们都知道。"

"什么……秘密？"不理解 T 的话，我有点狼狈地反问。

"真是太意外了，一直以为你是君子呢……"接着是 K 表现出无比意外似的歪着头。

"说到连河合君也跳舞，时代真是进步了呀！"

"喂，河合君！"S 顾虑周遭的人，附在我耳边问，"你带着散步的美女是谁呀？也介绍我们认识一下嘛。"

"不，不是什么值得介绍的女人。"

"可是，不是说是帝国剧场的女明星吗？咦，不是吗？有说是电影女明星，也有说是混血儿，说出那个女人的家，不说的话，不让你回去哟！"

我明显露出不高兴的表情，也没察觉到自己的口吃，S 还兴趣十足地凑过来，认真地问。

"河合，那个女的不是舞会的话，叫不出来吗？"

我差点要骂"浑蛋"。还以为公司没有人会发觉，哪儿知道不只是嗅出来了，从有着浪荡子之名的 S 的口气来看，他们不相信我们是夫妇，似乎以为娜奥密是可以随传随到的女人。

"浑蛋，抓住人家的老婆说'可以叫出来吗？'这是什么话！不要说些无礼的话！"

面对这难堪的侮辱，我当然变脸大吼。不！确实在一瞬间，我脸色大变。

"喂，河合，说一下嘛！真是的。"

他们看准我人和气，死缠着不放，H这么说着回头看K："K，你是从哪里听来的？

"我是从庆应的学生那里听来的。"

"嗯，说了些什么？"

"我的亲戚，有超喜欢跳舞的，经常出入舞厅，认识那个美人。"

"喂，叫什么名字呢？"T从旁探出头来。

"名字嘛……嗯……是奇妙的名字……娜奥密，大概是叫娜奥密吧！"

"娜奥密……应该是混血儿啰。"S说着，嘲讽似的窥视我的表情。

"如果是混血儿，那就是女明星了？"

"听说是个了不起的酒色之徒，那个女的。常骚扰庆应的学生。"

我浮现出怪异的、像痉挛的浅笑，嘴角抽搐，然而K的话说到这种程度，浅笑顿时结冻似的，在脸颊上动也不动，感觉眼珠子骤然往眼窝深处凹下似的。

"是有希望的咯！"S完全进入兴奋状态。

"你亲戚跟那个女的有什么吗？"

"不，这就不清楚了，不过，听说朋友当中有两三人有。"

"算了！算了！河合担心着呢。——看，他的表情。"T这么说，大家抬头看了我一眼笑了。

"让他稍微担心一下有什么关系。不让我们知道偷偷地想占有那样的美女，这样的心思才奇怪呀！"

"啊哈哈哈，河合君，君子偶尔有情色的担心没关系吧！"

"啊哈哈哈……"

显然这不是我该生气的场合。完全听不清谁说了什么。哄笑声在两边的耳朵嗡嗡响着。刹那间我的犹豫是如何才能脱离现场呢？是哭好呢还是笑好呢？不小心说了什么是否会惹来更大的嘲笑呢？

总之，我好不容易逃离吸烟室。一直到站在泥泞的道路上被冷冷的雨拍打，都感觉脚下飘飘的，没着实踏在地面上。现在也觉得后面好像有什么追过来，我拼命往银座的方向逃走。

到了尾张町的另一个左边的十字路口，我往新桥的方向走去……其实，我的脚只是无意识地往那个方向移动，跟我的头脑毫无关系。我的眼中映着被雨淋湿的人行道上闪烁的街灯。跟天气无关，马路上行人似乎相当多。啊，艺伎撑着伞，年轻的姑娘穿着法兰绒走路，电车、汽车奔驰……

娜奥密是酒色之徒。骚扰学生？那样的事可能吗？有可能，的确可能，看最近娜奥密的样子，不这么认为反而是奇怪的。其实我自己私下也很在意，不过，围绕她的男友实在太多，我反而放心。娜奥密是小孩，而且很活泼。如她所说的："我是男的呀！"因此找来许多男的，只是天真地喜欢吵吵闹闹而已。如果她另有企图，有这么多眼睛看着，无法偷偷进行，难道她……这么推想，这"难道她"是要不得的。

可是这难道她……难道她如果不是"非事实"？娜奥密尽管任性，不过，却是个品行高尚的女子。我深深地了解这一点。表面上对我轻蔑，其实娜奥密从心底里感谢从十五岁开始养育她的我的恩义。"我绝不会做出背叛你的事！"就寝时她常含泪说的话，我无法怀疑。那个 K 说的，说不定是公司的坏家伙为了嘲弄我胡编乱造的吧？如果真是那样倒还好。那个 K 的学生亲戚，是谁呢？那个学生知道娜奥密跟两三个人有关系？两三个人？是滨田？熊谷？如果说可疑，这两个最可疑，只是，如果是那样，那么他们俩为什么不会吵架？不是单独来，而是一起来，和娜奥密玩得很高兴，这究竟安的什么心？是对我的障眼手段，还是娜奥密巧妙的操控，两人彼此都不知道？不！更重要的是，娜奥密会那么堕落吗？如果和两人有关系，之前那一晚像睡大通铺那样，那么无耻，恬不知耻的模仿都做得出来？如果真的是那样，她的行为不是比卖笑的娼妇还过分吗？

我不知不觉走过新桥，沿着街道，吧唧吧唧地踩着泥浆走到金杉桥。雨不留丝毫缝隙，笼罩天地，前后左右包围着我的身体，从伞上落下的雨滴沾湿了雨衣的肩膀。啊，男女混睡的那一晚也是这样的雨。在钻石咖啡店第一次向娜奥密表明心意的晚上，虽然是春天，却也是这样的雨。我心里想着这些。那么今夜，我在倾盆大雨中像落汤鸡一样在街上走着的时候，大森的家里有人会来吗？又是大家混着睡吗？这样的疑虑突然浮上来。娜奥密在正中央，滨田或熊谷举止不端地躺在旁边，喋喋不休地开玩笑的那个靡烂画室的光景，历历在目。

"对了，我不能再慢吞吞的了！"

这么想着，我急忙赶往田町的停车场。一分钟，两分钟，三分钟，第三分钟电车终于来了，我从来没有经历过这么漫长的三分钟。

娜奥密、娜奥密！今夜我为什么把她丢在家呢？娜奥密不在我旁边是不行的。这真是最糟糕的事情。我只想要看到娜奥密的脸，这种焦躁的心情就会获得几分解救。我盼望着听到她豁达的说话声，看到她似乎无罪的黑瞳，我的疑念就会消失吧！

或者，如果她又说大家混着睡吧，我应该说什么呢？今后我自己对她，对向她靠近的滨田、熊谷，对其他杂七杂八的人和事，应该采取怎样的态度呢？自己应不惜触怒她，毅然采取严格的监督吗？如果因此她能乖乖地服从自己就好了，要是反抗的话，我又该怎么办？不！不会有那样的事。如果我说："我今晚受到公司同事严重的侮辱，因此为避免你受到世人的误解，你的行动应该稍微谨慎！"跟其他场合不同，这也是为了她自身的名誉，我说这些她应该会听吧！如果名誉、误解都无所谓的话，那她真的可疑。K 说的话是事实！如果……啊，如果是那样的事……

我努力保持冷静，让心情平静，想象最坏的情形。如果明确知道是她欺骗我的话，我能原谅她吗？老实说，我已经是一天没有她都活不下去。她堕落的罪过有一半责任在我，所以娜奥密幡然悔悟、痛改前非的话，我不想再责备她，也没有责备的资格。然而我担心的是，她那强硬的，尤其是对我更为强硬的态度，纵使找到证据，她大概也不会轻易对我低头吧！会不会即使低头，也不会有改过之心，根本不把我放在眼里，两次、三次地重复同样的过错呢？结果是，彼此闹脾气而分手呢？这是我感到最害怕的，坦率地说，比起她的贞操，这才是我更为头痛的问题。要纠正她，或者监督，自己必须先有处理方针才行。如果她说"既然这样我搬出去！"时，我得有说得出"随你便！"的心理准备才行。

可是，谈到这一点，我知道娜奥密也有同样的弱点。怎么说呢？她跟我一起生活可以尽量挥霍，可是一旦被赶出去，除了那艰苦的千束町的家之外，哪儿有容身之处？如果那样，除非她变成卖笑妇，否则没有人会奉承她吧！从前，被教育得任性的她，以她今日的虚荣心，铁定无法忍受。滨田或熊谷等人会收养她也说不定，然而以学生的身份，她应该清楚，不可能有我给她的那样的荣耀荣华。这么一想，我认为让她尝到奢侈的滋味是好的。

对了，说到这里，有一次英语课，娜奥密赌气撕掉笔记本，我生气地要她"滚出去"时，她不是投降了吗？那时她要是真的出去会有多伤脑筋我不知道，但比起我她会更伤神。有我才有她，离开我身旁，最后再掉落到社会的最底层供人差遣，这无疑是她相当害怕的。这种害怕现在也跟那时没有两样。她今年已经十九岁。年纪越大，多少越能够分辨，光是这一点，她应该更清楚了解。如果这样，万一我吓唬她："给我滚出去！"大概也没办法狠下心吧！这么容易看穿的威吓，她会知道只是测验她害怕不害怕而已吧……

到达大森车站之前，我恢复了一些勇气，想想不管有什么事，娜奥密和我都不会面临分手的命运，至少这是可以确定的。

回到家门前，我的胡思乱想完全落空，画室里黑漆漆的，似乎连一个客人也没有，静悄悄的，只有阁楼上四张半榻榻米大的房间点着灯而已。

"啊，是一个人在家……"

我放下心摸摸胸口。我不由得产生"太好了，我真的很幸福！"的念头。

用钥匙打开上了锁的玄关门，一进到里面我马上打开画室的电灯，一看，房间依然杂乱，不过，不像有客人来过的样子。

"娜奥密，我回来了……"

没有人回答，于是我爬上楼梯，娜奥密一个人在四张半榻榻米大的房间铺了床，睡得正香甜。这种情形在她身上并不少见，觉得无聊时也不管白天或夜晚，不管什么时候就钻进棉被里看小说，然后就这样呼呼大睡是常有的事，因此看到那无辜的睡脸，我终于放心。

"这个女的欺骗我？有这样的事吗？就是这个现在在我眼前呼吸平稳的女人？"

为避免吵醒她，我轻轻地坐在她枕边，暂时屏住呼吸看她的睡姿。从前，狐化为美丽的公主欺骗男人，睡觉时会现出原形，剥去妖怪的画皮。我不知怎的，想起孩提时代听过的那样的童话。睡相不雅的娜奥密，短而薄的棉睡衣完全掉下，夹在两腿之间，连乳房都露出来，一只臂肘支起，纤手有如弯曲的树枝放在胸部。而另一只手软软地伸到我坐在枕边的膝盖附近。头转向手伸出来的方向，几乎从枕头滑下。她的鼻尖处，一本打开的书就掉在那儿。是一本依她的评价是"当今文坛最伟大的作家"有岛武郎的小说《该隐的末裔》。我的眼光在书本纯白的西洋纸与她的白胸部之间来回穿梭。

娜奥密肌肤的颜色有时看来像黄色，有时看来像白色，但是沉睡时或刚起床时，都非常清澄。睡眠的时候，有如体中脂肪完全脱落，变得漂亮。一般"夜晚"与"暗黑"总是连在一起，但是，我只要想到"夜晚"就不得不联想到娜奥密肌肤的"白"。那跟白天毫无隐蔽的明亮的"白"不同，它是被肮脏的、满是污垢的棉被，即被褴褛包裹着的"白"。正因为如此，更加吸引我。在灯罩下，我仔细端详她的胸部，仿佛鲜明浮现在湛蓝的水底下的东西，醒时是那么开朗、变化无穷的表情，现在却眉头深锁有如喝了苦药，又有如脖子被勒住出现神秘的表情；而我很喜欢她这样的睡脸。我常说："你睡着了就变成另一种表情，好像在做噩梦。"也常想："她的死相无疑一定很美！"纵使这个女的是狐，她的真相是这么妖艳的话，我也喜欢被她迷惑。

我默默坐了大概有三十分钟之久，她的手伸出到灯罩的阴影外面了，手背朝下，手掌朝上，有如轻轻握住刚绽放的花瓣，能清楚看到她的手腕脉搏的跳动。

"什么时候回来的？"

当规律而平稳的呼吸有点乱时，她终于睁开眼睛。脸上还残留忧郁的表情……

"刚刚……稍早之前。"

"怎么不叫醒我？"

"叫了呀，你没醒过来，所以就不管了呀！"

"坐在那里，做什么？看我的睡脸？"

"嗯。"

"哼！奇怪的人！"

她说，像小孩一样天真无邪地笑，手伸出来放在我膝盖上。

"我今晚好孤单很无聊。以为会有人来，没有人来玩哪……papa，还不睡吗？"

"睡也可以。"

"好，那就睡吧，随便躺下。包被蚊子咬得到处都是。看咬成这样子！帮我抓抓嘛！"

我抓了一会儿她的手腕和背部。

　　"谢谢，好痒，受不了。对不起，那件睡衣帮我拿一下？顺便帮我穿一下？"

　　我拿了睡衣，把躺着呈"大"字形的她抱起来。在我帮她解开腰带，更换衣服之间，娜奥密故意装得软绵绵的，手脚无力像尸骸一样。

　　"挂上蚊帐，然后 papa 也早点睡吧！"

我又变成婴儿了

那一夜，两人的夜间故事，我想，就不用写了。娜奥密听我转述精养轩的话，嘴里骂道："真是失礼，不知说些什么的家伙！"然后一笑置之。总之当时世间还不了解"社交舞"的意义。只要男与女手牵手跳舞，就臆测他们之间有见不得人的关系，马上予以负面的评价。对新时代的流行持反感的报纸，又写些不负责任的报道中伤，因此一般人只要谈到跳舞就认为是不健康的东西。我们对类似这样的批评早有心理准备。

"而且，我除了让治，从未单独和其他男人在一起呀。不是吗？"

去跳舞时是和我一起，朋友来家里玩时也是和我在一起，万一我不在也从未只有一个客人。纵使有客人一个人来，只要她一说"今天家里只有一个人"，客人一般会有顾忌而回去。她的朋友当中没有这么不懂礼貌的男人。娜奥密这么说："我尽管任性，但还分得清行或不行。若是我想欺骗让治当然欺骗得了，但是，我绝不做那样的事。什么事都光明正大，没有哪一件事是隐瞒让治的，不是吗？"

　　"这个我了解的，只是被人家那么说，心情不好而已！"

　　"心情不好，那要怎么办。难道被说就不跳舞了吗？"

　　"不用停止，不过尽可能不要被误会，小心一点比较好。"

　　"我一直都很小心交友，不是吗？"

　　"所以，我也没误解你呀！"

　　"只要让治没误解，其他家伙说什么我都不怕。反正我比较粗俗，不会说话，大家都讨厌我。"

　　接着她又以情绪化的、撒娇的语气重复说，她只要我相信她，爱她就够了。她自己不像女的，自然有男性朋友，男的个性爽朗，她自己也喜欢，因此只和他们玩，但是完全没有情色的含义在内，最后又搬出"陈词滥调"，说"不会忘记从十五岁开始的养育之恩"啦，"觉得让治既是父母又是丈夫"，泪潸潸流下，又要我帮她擦泪，吻她。

　　尽管说了这么长的话，不知是故意或偶然，奇怪的是她从没说出滨田与熊谷的名字。我其实是想看看她说这两个名字时脸上的表情，结果没有说。当然，她的话我并非从头到尾都相信，可是，要是怀疑的话，什么事都可能怀疑，没必要硬是议论过去的事，只要注意、监督今后的发展就行了……不，尽管开始想以强硬态度面对，却逐渐"被迫"变成这样的和缓态度。而且，在泪与接吻之中，我听到夹杂着啜泣声的细语，心里犹豫着会不会是谎言呢，但最后还是认为那是真的。

发生这样的事之后，我有意无意间留意娜奥密的情况，她似乎在一点点地、显得很自然地改变过去那种生活方式。舞会虽然照样去，不过，不像以往那么频繁，即使去了也不跳那么久，适可而止。客人也不会常来叨扰。我从公司回来，她一个人乖乖地留守，看小说，或者编织东西，或者静静地听录音机，或者在花坛里种花。

"今天也一个人留守吗？"

"是呀，一个人呀！没有人来玩。"

"那不寂寞吗？"

"一开始就决定一个人，就不会寂寞，我无所谓。"她接着说。

"我喜欢热闹，但也不讨厌寂寞呀！小时候完全没有朋友，常一个人玩。"

"这么说，真的是那样子。在钻石咖啡店时，跟同事几乎不说话，甚至有点忧郁呢。"

"是的，我看来像爱热闹，其实真正的性格是忧郁的呀。忧郁的话不好吗？"

"文静是好的，可是，变成忧郁也麻烦。"

"不过比前阵子那样胡闹，还是好的？"

"这可就不知道好多少哟！"

"我变成好孩子了吧？"

娜奥密突然跳过来，两手紧紧抱着我的脖子，激烈接吻，我的头都快晕了。

"怎么样，有一阵子没去跳舞了，今晚去看看？"即便我向她邀请。

"随便，如果让治想去的话……"她表情不悦，含糊回答。

"或者去看电影吧，我今晚不想跳舞。"娜奥密也常这么回答。

我们两人之间又恢复四五年前单纯的快乐生活。我和娜奥密两人单独在一起时水乳交融，几乎每晚都去浅草看电影，回程时到那里的料理屋吃晚饭，彼此谈论怀念的过去。"那时候是这样子……"或者"那样子……"沉溺在回忆里。"你个子小，坐在帝国馆的横木上，抓着我的肩膀看画呀！"我说。"让治刚来钻石咖啡店时，一直不吭声，远远地盯着我的脸看，感觉不舒服。"娜奥密说。

"对了，papa这阵子都不帮我洗澡，什么时候常帮人家洗嘛，好吗？"

"是，是，我们以前是这样子的。"

"是不是因为之前的事，现在不帮我洗了，还是因为我长大了讨厌帮我洗？"

"怎么会讨厌呢，即使现在也想帮你洗呀，其实是不好意思呢！"

"是吗？那就请帮我洗，我又变成婴儿了！"

由于有这样的对话，刚好沐浴的季节来临，我又把闲置在角落的西洋浴槽搬到画室，帮她洗身体。"大婴儿"——我曾经这么说过，那之后四年岁月如流水般逝去，现在的娜奥密，从躺在浴槽里的身长看来，已经完全变成"大人"。满头蓬松的秀发解开的话如阵雨后的云雾，各处关节由于旁边肉多，有了小窝。肩膀更加浑厚，胸部与臀部的凸起更具弹性，峰峦迭起，优雅的双脚似乎更长了。

"让治，我长高了多少？"

"啊，长高了。现在跟我差不多了。"

"现在，我比让治还高呢。之前量了体重是五十二点六公斤。"

"真的？我还不到六十公斤呀！"

"可是让治还是比我重，虽然个子不高。"

"当然重呀，再怎么矮，男人的骨头较重。"

"那现在让治还有没有勇气当马让我骑？刚来时常这么玩，不是吗？我骑到背上，用手巾当缰绳，还喊着'嗨嗨'在房间里绕。"

"嗯，你那时候轻，只有大概四十五公斤。"

"要是现在让治会被压垮呀！"

"怎么可能。不信的话，试试看！"

两人开玩笑到最后，又像从前那样玩骑马游戏。

"来，我变成马了。"

我说着，趴下来，娜奥密骑到我背上，五十二点六公斤的体重压上来，用手巾做缰绳让我咬在嘴里。

"多瘦小的马呀！振作点。嗨！嗨！"

她边叫着，边有趣地用脚夹紧我的腹部，挥动缰绳。我为了不被她压垮拼命顶住，流着汗在房间里绕行。而她在我累垮之前不会停止。

"让治，今年夏天要不要去镰仓？好久没去了。"到了八月，她问。

"从那之后就没去过，想再去看看哪！"

"没错，那之后就没去过。"

"是呀，所以今年去镰仓吧！那是我们纪念的地方，不是吗？"

娜奥密这句话让我多么高兴。如娜奥密说的我们的新婚旅行——其实我们的新婚旅行去的是镰仓，对我们而言，应该没有比镰仓更值得纪念的地方了。之后，我们每年都去外地避暑，却把镰仓给忘记了，娜奥密谈起来实在是很棒的提议。

"好呀，一定要去。"我毫无意见，完全赞成。

讨论有了结果，我马上向公司请十天假，大森的家门户紧闭，月初两人出发到镰仓，住宿的地方是借了位于长谷的街道，往御用邸去的路上，一户叫植物盆栽店的别馆。

我最初心想这次不要住金波楼，准备住比较漂亮的旅馆，无意中变成租房间的是娜奥密说"从杉崎女士那里听到的好消息"带来的盆栽店别馆的提议。依娜奥密的说法，旅馆不经济，也要顾虑到附近人家，能够租房间是最好的。幸运的是，杉崎女士的亲戚是东洋石油高级干部，有偌大而不用的房间，可以借给我们，这样不是很好吗？那位高级干部定了六、七、八三个月，约定租金五百日元，可是，只住了七月就不喜欢镰仓，如果有人想租，更是乐于出租。有杉崎女士的介绍，租金好谈！大意如此。

"没有比这更好的啦，就这么决定吧，这样的话也不太需要花钱，就这个月内去吧！"娜奥密说。

"可是，我需要上班，不能玩那么久呀！"

"镰仓的话，可以每天搭火车去，不是吗？就这样吧！"

"可是，那里你喜不喜欢呢？"

"好，我明天就去看看，要是喜欢的话就可以决定吗？"

"可以决定，不过要是免费也觉得不好意思，总是要谈一下租金比较好……"

"这我知道，让治很忙，要是允许我到杉崎先生那里，请他租给我们。总要一百日元或一百五十日元……"

这样子，娜奥密一个人噼里啪啦地进行，房租彼此让步，以一百日元谈妥，她也付清了。

我有点担心，去看了租的房子，比想象中好。租的房间与母屋分离，是独立的一栋平房，除了八张榻榻米大和四张半榻榻米大的客厅之外，有玄关、洗澡间、厨房，出入门户也不一样，从庭院可以直通马路，和盆栽店的人也不用照面，看来两人可以在这里组成新家庭。我在纯日本式的新榻榻米上坐下来，在长方形火盆前盘腿而坐，悠然自得。

"这儿很不错，令人心情非常舒畅。"

"房子不错吧！跟大森的家比，哪边好？"

"在这里心情比较安定，似乎住多久都没问题。"

"看吧！所以我才说就决定住这里了。"娜奥密得意扬扬地说。

某一天，也就是来这里之后大约三天吧！我们下午去玩水，游了大约一小时之后，两人躺在沙滩上。

"娜奥密小姐！"突然在我们的头上，有人这么叫。

我抬头一看，是熊谷。似乎刚从海里上来，湿泳衣紧紧贴在胸部，海水沿着多毛的手臂啪啦啪啦滴下来。

"哦，麻，什么时候来的？"

"今天来的——心想说不定会碰到你们，真的碰到了。"

熊谷举起手朝大海大喊："喂——"

"喂——"

海上也有人回答。

"是谁在那里游泳呢？"

"是滨田呀！——我和滨田、关、中村，四个人今天一起来的。"

"那很热闹呀！住在哪间旅馆？"

"嘿，哪儿有那么好，实在太热了，没办法，当天来回。"娜奥密和他聊天时，滨田上来了。

"哦，好久不见了。怎么了？河合先生，最近舞会完全不见踪影。"

"也不是这回事，是娜奥密说厌倦了。"

"是吗？那就怪了。你是什么时候来的？"

"两三天前来的。租了长谷盆栽店的别馆。"

"那真是好地方，靠杉崎先生的帮忙借一整个月。"

"那很雅致呀！"熊谷说。

"会在这里待一阵子？"滨田问，"在镰仓也可以跳舞呀。今晚其实海滨的饭店有舞会，要是有伴儿想去看看。"

"我不要！"娜奥密冷冷地说，"这么热不宜跳舞，等天气凉了之后再出去。"

"说得也是，跳舞不是夏天的活动呢！"滨田说着，表情尴尬得不知如何是好，"喂，麻怎么样，再去游一次？"

"不行，我已经累了，想回去。现在去休息一下，回到东京天也黑了。"

"现在去，去哪里？"娜奥密问滨田，"有什么有趣的吗？"

"扇谷地方有阿关叔叔的别墅。今天大家都被拉到那里，说要请吃饭，但是很无聊，饭也不想吃就想开溜。"

"哦？真的那么无聊？"

"好无聊，好无聊！女服务生出来一本正经地跪地磕头行礼，太累人了。那样子饭还怎么咽得下去？！滨田，回去吧！我们在东京随便吃点什么！"

熊谷嘴里这么说，并未马上起身，脚伸直稳稳地坐在沙滩上，抓起沙子撒在膝盖上。

"跟我们一起用餐怎么样？好不容易来了嘛。"

因为滨田、熊谷都沉默了一下，我若不这么说，会觉得不好意思。

长谷海岸的别墅

那一晚的晚饭吃得很热闹，是许久未曾有过的。滨田、熊谷，后来加上关和中村，在别馆客厅八叠大的房间里，六个人围着折叠式矮桌，聊到十点左右。我刚开始认为这些人会把现在的暂居处弄脏乱而讨厌，然而像这样偶尔见面，他们充满活力、不拘泥、像青年人的个性，使我感到很愉快，娜奥密待人接物也亲切和蔼、周到得体、稳重端庄、恰到好处，令人非常满意。

"今晚很有意思呢！和这帮人偶尔见了面也不错吧！"

我和娜奥密送他们到停车场搭末班车回去。回来的路上，我们手牵着手在夏天夜晚的路上边走边聊天。那是星星漂亮，从海上吹来的风很凉爽的夜晚。

"哦，真的那么有意思？"

娜奥密是对我心情好也感到高兴的语气。接着，想了一下说："那帮人，常在一起就会觉得他们并不是那么坏的人哟！"

"嗯！真的不是坏人哪！"

"可是，会不会很快又跑过来？阿关叔叔的别墅，不是说往后会常带大家来玩吗？"

"偶尔可以，可是要是常来就伤脑筋呀！下一次来不要那么盛情招待。不要请他们吃饭什么的，适当的时候就打发他们回去！"

"可是，总不能赶人家走呀……"

"没有什么不可以的呀！我会说不方便请回去吧。马上赶人。不可以这么说吗？"

"又会被熊谷嘲讽！"

"被嘲讽也没关系。我们好不容易来镰仓，是来打扰的人不好吧！"

两人来到阴暗的松树荫，边走边聊，娜奥密突然站住不动。

"让治！"

细声、娇甜，像倾诉的声音，我了解她的意思，我默默地用双手拥抱她的身体。像咕噜吞下一口海水时，强烈地享受着她嘴唇的味道……

之后，十天的休假转眼间过去了，我们依然幸福。依最初的计划，我每天从镰仓到公司上班。关那一票人说"会常来玩！"也只来一次，大约是一星期过后，就不见人影了。

那个月底之后，我因为有紧急工作要办理，回来得都很晚。平常大约七点左右回来，和娜奥密一起吃晚饭。但是后来在公司留到九点，再回来就超过十一点，那样的夜晚连续了五六天，事情就发生在第四天。

那一晚我本来应该留到九点，但是工作提早处理好了，八点左右就离开公司。如往常从大井町搭省线电车到横滨，再改搭火车，在镰仓下车，距离十点还有些时间。每晚，虽是这么说其实只有三四天，这阵子连续晚归的日子多，因此我想早一点回到住处看娜奥密，休息一下吃晚餐，比平常心急，从停车场前搭人力车到御用邸旁的路。

夏天正值酷暑，在公司工作一天，之后搭火车摇摇晃晃回来的身子，感觉这海岸夜晚的空气是多么温柔、清爽啊！不只是今夜，那一天傍晚突然下了一阵雨之后，从沾湿的草叶、露湿的松树枝，到静静上升的水蒸气，都能闻到会让人想靠近的幽香。夜晚的露珠四处发出亮光，沙地的道路尘土不扬，车夫的脚步声，正如踩在天鹅绒上，轻轻地落在地面。似乎是别墅的某户人家，从树篱笆深处传出录音机的声音，偶尔有一两个穿着白色浴衣的人影徘徊，一幅到避暑地度假的景象。

我在木门口打发人力车回去，从庭院往客厅的走廊走去。心想娜奥密听到我的皮鞋声马上会打开走廊的纸拉门；然而纸拉门里灯火通明，她似乎不在，房间静悄悄的。

"娜奥密。"

我叫了两三次，没有人回答，登上走廊拉开纸拉门，房间空空如也。泳衣啦，浴巾、睡衣啦，随意挂在壁上，拉门、壁龛、茶具、烟灰缸、坐垫等乱摆在客厅的情形，跟平常一样杂乱，却有着某种寂静无人的氛围，绝不是刚刚才离开的寂静，这是我对恋人特有的直觉感受到的。

"去哪里了呢？恐怕两三个小时之前就……"

即使如此，我还是到厕所、热水间看看，慎重起见还到厨房门口，打开水池子边的电灯看看。我看到的是有人大吃大喝之后残留的正宗（日本清酒名）的瓶子、西洋料理的残渣。对了，烟灰缸里还有许多烟蒂。无疑，一定是那一票人来过。

"老板娘，娜奥密似乎不在，到哪里去了呢？"

我跑到主屋，问盆栽店的老板娘。

"哦，你是说小姐啊？"

老板娘一直称呼娜奥密为小姐。即使是夫妇，娜奥密都希望对世人而言我们只是同居或者是未婚夫妻，如果不这么称呼，娜奥密会不高兴。

"小姐傍晚回来，吃过晚饭后又跟大家出去了。"

"大家，是谁呢？"

"那个……"老板娘停顿了一下，"那个叫熊谷的年轻人，还有叫什么的，跟大家一起……"

我租房子的老板娘只认识熊谷，她称呼"熊谷的年轻人"我觉得怪怪的，然而，现在我已无暇顾及这问题。

"傍晚回来？那是说白天都跟大家在一起？"

"过午时候，一个人去游泳，之后和熊谷的年轻人一起回来……"

"跟熊谷两个人？"

"是的……"

　　我那时其实还不那么慌乱，但是老板娘似乎有难言之隐，吞吞吐吐，而且表情越来越为难，这更让我感到不安。我尽量不想让老板娘看穿我的心意，不过我的语气不由得急躁起来。

　　"那是怎么一回事？不是跟大伙儿在一起？"

　　"是，那时只有两个人，她说饭店今天白天有舞会，就出去了……"

　　"之后呢？"

　　"之后傍晚时，一票人回来。"

　　"晚餐是大家在家里吃的吗？"

　　"是的，不知怎的，很热闹……"老板娘这么说，看我的眼神，带着苦笑。

　　"用过晚餐又出去是几点左右呢？"

　　"那大概是八点左右吧……"

　　"那已经两小时了！"我不自觉地说出来。

　　"那么，是在饭店吗？老板娘有听到什么吗？"

　　"我不是很清楚，不过，是在别墅吧……"

　　经老板娘这么一说，让我想起阿关叔叔的别墅在扇谷。

　　"啊，去了别墅，那我现在就去接她，老板娘知道在哪里吗？"

　　"就在长谷的海岸……"

　　"长谷吗？我听到的是扇谷……嗯，怎么说呢，我要说的是，虽然我不知道今晚是否来这里，但是，娜奥密的朋友，阿关叔叔的别墅……"听我这么一说，老板娘脸上闪过惊讶的表情。

"跟那别墅不一样吗？"我说。

"嗯……"

"在长谷海岸的别墅，究竟是谁的呢？"

"是熊谷先生的亲戚……"

"熊谷先生的……"我突然脸色变得苍白。

老板娘说，从停车场到长谷的道路向左转，在海滨饭店前的道路直直向前行，路通到海岸。在海边尽头的角上有一座大久保的别墅，那就是熊谷先生的亲戚。我第一次听到，娜奥密、熊谷至今都未谈起。

"娜奥密有时候会去那别墅吗？"

"是的，怎么了……"

话虽这么说，但老板娘惴惴不安的神情，我看在眼里。

"当然今晚不是第一次去吧？"

我感到呼吸急迫，连声音都发抖。老板娘或许是担心我生气，脸色也变得苍白。

"我不会给您添麻烦，您尽管说。昨晚呢？昨晚她是不是也出去了呢？"

"是……昨晚似乎也出去了……"

"那前晚呢？"

"是！"

"还是出去了？"

"是！"

"大前天晚上呢？"

"大前天晚上也出去……"

"我回来得晚，所以几乎每晚都这样？"

"是……我记得不是那么清楚……"

"大概都几点回来呢？"

"大概……十一点之前……"

看来两人从一开始就合伙骗我！因此，娜奥密才想来镰仓！我脑中有如暴风开始旋转，我的记忆以非常快的速度回忆这段时间娜奥密的行动和话语。一瞬间，针对我的"诡计"线索完全暴露出来。那里有着像我这么单纯的人无法想象的、两三重的谎言，以及精密设计的串通，那些家伙到底参与了多少阴谋，不得而知。我仿佛突然从平稳、安全的地面被推落到深深的陷阱里，从陷阱底以羡慕的眼神目送从高处嘻嘻哈哈走过的娜奥密、熊谷、滨田、关和其他无数的人影。

"老板娘，我现在要出去，如果她回来也不要跟她说我回来过，我另有打算。"丢下这句话，我就往外冲。

来到海滨饭店之前，在老板娘告诉我的路上，尽可能走在阴暗的地方。道路两边有大别墅并列，一片寂静，夜晚人行稀少的街道上，灯光并不明亮。在某个门灯灯光下，我拿出表一看，刚过十点。在大久保的别墅，娜奥密是和熊谷两人，还是和固定的那一帮人嬉闹呢？总之，到现场一探究竟，所以我加快脚步。

我马上就找到了大久保的别墅。我在它前面的路上来回一阵子，瞧瞧别墅的样子，豪华石门之内的树丛茂盛，在树丛之间，碎石子路一直延伸到里面的正门，无论是写着古旧文字的"大久保别邸"，还是围绕着广阔庭院长了青苔的石墙，与其说是别墅，其实更像具有相当历史的古屋，熊谷居然有亲戚在这种地方拥有这般广阔的豪宅，我越想越不对。

我在碎石子路上尽可能不弄出声响，偷偷进入门中。由于树木茂盛，从道路看不清屋子的模样，靠近一看，奇妙的是不管是外玄关、里玄关、二楼或一楼，看得到的房间都静悄悄的，门户紧闭，暗暗的。

"里面真的有熊谷的房间吗？"

我纳闷，又蹑手蹑脚，沿着主屋绕到后侧，于是看到二楼有间房和正下方厨房的门灯都亮着。

二楼是熊谷的房间，只要看一眼我就清楚了。怎么说呢？他那把曼陀林放在走廊的扶手处，客厅里柱子上挂着我还有印象的塔斯康礼帽。尽管纸拉门敞开，却一句说话声都没听到，显然现在房间里没有人。

走到厨房门口的纸拉门，似乎刚刚有人从那里出去，所以还开着。我靠着从厨房门口照射到地面的微弱灯光，发现旁边还有道后门。门是两根旧木柱，没有门板，从柱子与柱子之间看到由比海滨的波浪在黑夜中看来像明显的白线，传来浓烈的海腥味。

"一定是从这里出去的！"

我从后门走到海岸的同时听到娜奥密的声音就在附近。之前没听到大概是风势的关系吧!

"等等!沙子跑到鞋子里边,走不动了呀!谁帮我取出沙子……麻,你帮我把鞋子脱下来嘛!"

"我不要。我又不是你的奴隶!"

"你这么说,我就不疼你了哟……还是滨先生亲切。谢谢,就只有滨先生,我最喜欢滨先生!"

"浑球!别以为谁好说话就欺负谁。"

"啊,哈哈哈哈!滨先生,不要一直挠脚底呀!"

"没有挠呀!很多沙子沾在上面,所以要把它拂掉。"

"要是顺便舔一舔它的话,就变成 papa 了哟!"这是关说的,接着是四五个男的的哄然大笑声。

从我站着的地方,沙丘形成缓缓的下坡处有苇窗的茶店,声音是从那间小店传出来的,我与小店的距离不到十米。我从公司回来还穿着驼呢的西装,把上衣衣襟竖起,前面的扣子全都扣上,避免衣领和衬衫太显眼,我把麦秆帽子藏在腋下。然后弯腰低身跑到小屋后边的井的背后,这时……

"好了!现在到那边看看吧!"在娜奥密带头下,他们陆续走出来。

他们没发现我,从小屋前朝沙滩走下去。滨田、熊谷、关、中村,四个男人穿着简单的和服[1],娜奥密夹在当中,只看清是披

---

[1] 和服:yukata,一种浴衣。

着黑色斗篷，穿着高高的高跟鞋。她没从镰仓的租屋处带斗篷和鞋子来，那是向人借来的。有风，斗篷的衣角吧嗒吧嗒翻飞着，她似乎是用两手从里边把斗篷紧紧缠住身体，每走一步斗篷里凸翘的臀部就动一下。她的步伐像是酒醉的样子，两边的肩膀往左右的男子身上靠，故意蹒跚而行。

我一直缩着身子屏住呼吸，等到跟他们距离大约六十米，白色的浴衣在远处依稀可辨时才站起来悄悄跟在后边，最初他们似乎沿着海岸直往"材木座"方向走，中途却逐渐向左拐弯，越过通往街道的沙丘，他们的影子完全消失在沙丘的另一边，我开始疾速往山丘上追赶。为什么要这样呢？因为我知道他们出去的路就是有许多松林的别墅街，有可以藏身的阴暗处，要是那里，即使再靠近他们一点也不用担心被发现。

下了沙丘，他们欢乐的歌声突然传入我耳中。其实这也是当然的，他们在距离不到五六步之处边走边拍手合唱。

Just before the battle, mother,（妈妈，战争前夕）
I am thinking most of you...（我最想的人是你……）

那是娜奥密常哼的曲子。熊谷走在前头，挥着手像拿着指挥棒指挥似的，娜奥密还是东倒西歪，肩膀不时碰撞旁边的人。被撞到的男子，就像划船一样，从这边跌撞向另一边。

"嗨咻！嗨咻！嗨咻……"

"哎呀！这么用力推会碰到墙壁呀！"

叩！叩！好像有人用手杖敲打墙壁，娜奥密咯咯笑。

"来吧！跳夏威夷的草裙舞，大家边唱边摇屁股！"

他们于是一起开始摇屁股。

"恰恰！屁股摇得最好的是关哟！"

"那当然了！我曾经研究过。"

"在哪里？"

"在上野的和平博览会，万国馆不是有土著人跳舞吗？我去看了十天！"

"你真无聊！"

"什么时候你也去万国馆看看，你一定会被误以为是土著人。"

"喂，麻，现在几点了？"是滨田在问。滨田没喝酒，似乎最正常。"到底几点了？有人戴表吗？"

"有呀。"中村说，点火柴，"哇，已经十点二十分了！"

"没关系。不到十一点半 papa 不会回来的，我们就绕长谷的街道一圈之后回去吧！我想以现在的装扮到热闹的地方逛逛！"

"赞成！赞成！"关大声吼叫。

"可是这模样走路，会被看成什么呢？"

"怎么看都像女团长。"

"我是女团长的话，大家都是我的部下！"

"白浪四男！"

"那我就是弁天小和尚哟！"

"嗯，女团长河合娜奥密……"熊谷以无声电影解说员的语气说。

"……趁着黑夜，身披黑色斗篷……"

"够了！够了！那么难听的声音！"

"……带着四名恶汉，从由比滨的海岸……"

"麻，不要再说了，不然的话！"娜奥密"吧"的一声，用手掌打熊谷的脸颊。

"啊！好痛！声音难听是天生的，我发不出浪花节的语调是一辈子的恨事！"

"可是，玛丽·璧克馥当不了女团长哟！"

"那是谁？普丽西拉·迪恩[1]吗？"

"是的，是普丽西拉·迪恩。"

"啦，啦，啦！"

滨田又哼起跳舞乐，开始跳了起来。我看他踩着步子，突然要向后仰，就赶快躲到树荫下，但同时滨田发出"嗯？"的声音。

"那是谁？不是河合先生吗？"

大家瞬间静下来，站住，回头看在暗处的我。我心想"完了"，但已经来不及躲开。

"是papa？不是papa吗？在那里做什么呢？来跟大家一

---

[1]普丽西拉·迪恩：Priscille Dean，美国女演员。

起吧！"

娜奥密突然不客气地走到我的前面，伸出手搭在我肩膀上，斗篷在那一瞬间打开了，她斗篷下一丝不挂。

"你这是做什么？丢我的脸！骚货，贱女人！"

"啊哈哈哈。"娜奥密的笑声中带出一股浓烈的酒气。这是我第一次见到她酒后的表现。

如此可怕的少女

　　当天晚上和第二天，我不断追问，终于从固执的娜奥密口中问出了她欺骗我的那些诡计的一部分情况。

　　正如我所推测的，她之所以要到镰仓来，是因为想和熊谷一起玩。什么阿关的亲戚在扇谷，纯粹是谎言，长谷的那座大久保的别墅才是熊谷叔叔的房子。还不只这些，现在我租下的这栋房子，其实也是熊谷帮忙的。因为这个花匠是大久保府上的常客，所以由熊谷出面商议，不知是怎么商量的，让以前的房客搬走，我们住了进来。不言而喻，这是娜奥密和熊谷商议后才干的，什么杉崎女士的斡旋，东洋石油公司董事之说，全都是一派胡言。怪不得她自己顺顺当当地就把事情办了。据房东太太说，她第一次来看房子时，是和熊谷"少爷"一起来的。那举止态度就像和"少爷"是一家子似的，而且事先就这么打过招呼，所以没有办法，只好打发走原来的房客，把房子腾出来交给她。

　　"太太，这意外的纠葛给你添了麻烦，实在对不起。能不能把你所知道的事情都告诉我？无论在什么情况下，我都不会说出你的名字。我也不打算就这件事去找熊谷算账，只是想了解实际情况。"

第二天我破例向公司请了假，严密地监视着娜奥密，警告她"不许离开房间一步"，并把她的衣裤鞋袜和钱包等都整理好搬到正房里，就在正房的一间屋子里盘问房东太太："是不是从很早以前开始，他们就趁我不在家时来往了？"

"嗯，一直是这样的。或者是少爷来，或者是小姐出去……"

"大久保的别墅里究竟住着什么人？"

"今年他们全家都回自己平日的住宅去了，这里一般都是熊谷少爷一个人在。"

"熊谷的那些朋友呢？那帮家伙有时候是不是也会来？"

"是的，经常来。"

"是熊谷领来的，还是各自随便来的？"

"怎么说呢……"房东太太说——我后来才觉察到，当时她显出非常为难的样子，"有时各自单独来，有时和少爷一起来，每次都不一样……"

"除了熊谷以外，还有谁独自一人来吗？"

"那个叫滨田的先生，还有另外几个好像也一个人来过……"

"他们是不是约她出去？"

"不是，一般都是在家里聊天。"

对我来说，最不可理解的就是这一点了。如果说娜奥密和熊谷关系暧昧，为什么把那伙人带来碍他俩的事呢？他们之中的一个来访，而娜奥密又与之聊天，这是为什么？若是他们都看上了娜奥密，为什么不争风吃醋呢？昨晚那四个男的在一起玩闹，不是处得好好的吗？这么一想，我又糊涂起来，最后连对娜奥密与熊谷是否关系暧昧都产生了疑问。

但是一提到这件事，娜奥密总是否认与熊谷有不正当的关系，一口咬定说，自己并没有不可告人的目的，只不过是想和众多的朋友一起热闹一番。当我问到为什么以那么阴险的手段来欺骗我时，她回答："谁叫小 papa 多心，怀疑那些人呢？"

"那么，为什么说是阿关亲戚的别墅？阿关和熊谷有什么不同？"

听了这话，娜奥密一时语塞。她突然低下头，默默咬着嘴唇，翻着白眼使劲地瞪我。

"你最怀疑的就是阿熊，所以我想，还是说阿关好一些。"

"不要叫什么阿熊、阿熊的，他不是有熊谷这个名字吗？！"我忍了又忍，终于发作了。一听到她叫"阿熊"我就厌恶得想吐。

"喂，你和熊谷是不是有关系？说实话！"

"哪儿有什么关系？这么疑心我，难道有证据？"

"就算没有证据，你心里也一清二楚。"

"为什么？你凭什么说我？"娜奥密的态度非常镇定，嘴角甚至浮现出一丝小孩子般的微笑。

"昨晚那种丑态算是什么？你做出那样的丑态，还说自己是清白的？"

"那是大家硬把我灌醉，把我弄成那副样子的。不就是在门口走走而已吗？”

"好！这么说你坚持自己是清白的了？"

"是的，是清白的。"

"你发誓！"

"好，我发誓。"

"好，别忘了你的这句话。你说的话，我可是连一句都不信了。"话说到这里，我再没有搭理她。

我怕她给熊谷写信，便把信纸、信封、墨水、铅笔、钢笔和邮票等所有东西都没收掉，和她的行李一起存到房东太太那里，然后给她穿上一件红丝绸的长袍。这样，我不在家时，她就绝对出不去了。第三天早晨，我打扮成上班的样子离开镰仓。怎样才能得到证据呢？我在火车上苦思冥想一阵，最后决定，不管怎样，先去已经空了一个月的大森的家里看看。因为我考虑到，如果与熊谷有关系，当然不是从夏天开始的，去大森找找娜奥密的东西，或许能发现信或者其他什么东西。

这天乘坐的火车比平时晚了一班，所以到大森的住宅前时是十点钟左右。我走上正面的门廊，用钥匙打开门，穿过画室，登上阁楼去检查她的屋子。当我打开那间屋子的门，迈进房间的一刹那，不由得"啊"地叫了一声，呆呆地站在那里，说不出话来。孤零零地躺在那里的，不是滨田吗？

滨田见我进来，一下子满脸通红。

"哦。"他说着站起身来。

"哦。"我也只说了这一句，两个人以揣测对方心理的目光互相注视了片刻。

"滨田，你为什么在这里？"

只见滨田的嘴动了几下，像是要说什么，但是终于低下头去，仿佛乞怜似的。

"嗯？滨田，你什么时候来的？"

"我是刚才……刚来。"这次回答得清清楚楚，看来他意识到自己无论如何都逃不掉了。

"可是这房子不是锁住的吗？你是从哪里进来的？"

"从后门……"

"我记得后门也上了锁呀……"

"是的，我有钥匙……"滨田的声音小得几乎听不见。

"有钥匙？你为什么会……"

"是娜奥密给我的……说到这里，想必你已经知道我为什么会在这里了……"

我不禁哑然。滨田静静地抬起头，怕光似的眯起眼睛，目光直射向我的脸。到关键时刻，他的表情就流露出一种正直的、贵族青年般的气质，而不再是平时那个流里流气的公子哥。

"河合先生，我并不是想不到你今天突然光临此地的原因。我欺骗了你，因此我甘愿接受任何惩罚。现在说这种话你会感到奇怪，不过我老早就打算在你发现这件事之前坦白自己的罪行……"说着说着，滨田热泪盈眶，泪水顺着脸颊吧嗒吧嗒地流下来。这一切完全出乎我的意料。我默默地眨着眼睛看着眼前的情景。就算是相信他的坦白，但我还有许多疑团未能解释。

"河合先生，你能不能说一句原谅我呢……"

"可是，滨田，我还没搞清楚这件事呢。你从娜奥密那里拿到钥匙，到这里来干什么？"

"在这里……在这里，今天……和娜奥密小姐约好见面的。"

"和娜奥密约好在这里见面？"

"是的……而且今天不是第一次，以前还有过好几次……"

原来我们搬到镰仓以后，他和娜奥密在这里幽会过三次。据说娜奥密在我去上班以后，乘迟一班或两班的火车到大森来，总是上午十点左右来，十一点半回去，最晚下午一点左右返回镰仓，好使家里人觉察不到。滨田还说，因为约定今早十点钟见面，刚才我进来的时候，他还以为是娜奥密来了呢。

对于这番出乎意料的自供，最初我只感到脑子空白一片，目瞪口呆，觉得这一切简直不成体统。先交代一下，那时我三十二岁，娜奥密十九岁。一个十九岁的姑娘竟敢如此大胆，如此狡猾地欺骗我！直到刚才，不，就是现在，我还难以想象娜奥密是一个如此可怕的少女。

"你和娜奥密究竟是从什么时候开始这种关系的？"

是否饶恕滨田倒是次要问题，我心急火燎地刨根问底，想要弄清事情的真相。

"老早以前就开始了。那时你大概还不认识我……"

"哦，记得和你初次见面——那是去年的秋天吧。我下班回来，看见你和娜奥密站在花坛边说话那次？"

"嗯，就是，算起来也整整一年了。"

"这么说，就是从那时候开始的？"

"不是，比那时还要早一些。从去年三月份开始，我去杉崎女士那里学钢琴，在那里认识了娜奥密。在那之后大概三个月……"

"那时在哪里见面呢？"

"也是这个大森的家中。娜奥密说整个上午她不去任何地方学习，一个人寂寞得要命，要我去玩。最初我就是出于这种目的来玩的。"

"嗯，这么说，是娜奥密要你来玩的了？"

"嗯，是的。而且我完全不知道有你这个人。娜奥密告诉我说，她的老家在乡下，所以到大森的亲戚处，与你是表兄妹的关系。你第一次来爱尔多拉多舞厅跳舞时，我才知道并不是那么一回事。但是我……那时候已经没有办法了。"

"今年夏天娜奥密想来镰仓，是不是跟你商量的结果？"

"不，不是我。怂恿娜奥密去镰仓的是熊谷。"滨田说完，忽然加重语气道，"河合先生，受骗的不只是你！我也被骗了！"

"这么说来，娜奥密和熊谷也……"

"是的。现在最能随意操纵娜奥密小姐的就是熊谷了。我早就隐隐约约地觉察到娜奥密小姐喜欢熊谷，但是做梦也没想过她会一边和我保持关系，一边和熊谷也保持同样的关系。况且娜奥密总是说，自己只是喜欢和男朋友一起随随便便地热闹热闹而已，根本不会做出格的事情。我也觉得她说得有道理……"

"唉。"我叹了一口气，"这就是娜奥密的惯用伎俩嘛。她对我也这样说，我也信以为真了……你是什么时候发现她和熊谷有这种关系的？"

"不是有个下雨天的晚上，我们都挤在这里睡吗，就是那天晚上发现的。那晚，我真的同情你。那时两人暧昧的态度，无论如何都不会觉得没什么。我自己也越感到忌妒就越能体会你的心情。"

"那么你说那晚你发现的，是单从两人的态度推测、想象的吗……"

"不！不是的。有事实证实想象的。黎明时候，你还睡着似乎不知道。我睡不着，蒙眬之间看到他们两人在接吻。"

"娜奥密知道被你看到了吗？"

"知道。我之后跟娜奥密说了，要她无论如何要切断和熊谷的关系。我讨厌被玩弄，既然已经走到这一步，只好娶她……"

"娶娜奥密……"

"是的。我本来打算向你公开我和娜奥密的恋情，准备娶娜奥密当自己的妻子。娜奥密说你是明理的人，我想说出我们的痛苦心情，你一定可以了解的。事实是如何我不知道，但是依娜奥密的说法，你收养她只是为了让她接受教育，培养成才，虽然现在同居，但并没有非结为夫妇不可的约定。而且还说你的年纪和娜奥密相差很多，即使结婚能否幸福过日子都不知道……"

"娜奥密说过这样……这样的话？"

"是的，说过。好多次跟我强烈地保证，她说最近会跟您说，和我结为夫妇，请再等一下。而且还说要切断和熊谷的关系。然而一切都是谎言。娜奥密一开始就没打算和我结为夫妇。"

"娜奥密是否也和熊谷有这样的保证呢？"

"这我就不知道了，我想或许也一样吧！娜奥密的个性喜新厌旧，熊谷也认为反正玩玩，不当真的，那个男的比起我狡猾得多了……"

不可思议的是，我从一开始就不憎恨滨田，听他说这些话，反而产生类似同病相怜的心情，并因此更憎恨熊谷，强烈感到熊谷才是我们两个人的共同敌人。

"滨田，我们总不能一直在这里聊，看看在哪里吃饭，然后慢慢聊吧！我还有许多事想问你呢！"

因为西餐店说话不方便，我邀请他，带他到大森海岸的"松浅"。

"河合先生今天也向公司请假吗？"

滨田的语气不像先前那么激动，似乎多少卸下点重担，以融洽的口吻找话题说。

"是呀，昨天也请假。公司方面这阵子碰巧又很忙，不上班觉得不好意思，可是从前天开始一个头两个大，根本做不了事。"

"娜奥密知道你今天会去大森吗？"

"我昨天一整天待在家里，不过今天说要去公司而跑来这里。

那个女的，或许多少察觉到也说不定，应该没想到我会到大森来吧！我想，要是搜寻她的房间或许可以找到情书，所以临时起意跑来了。"

"这样子啊？！我不认为是这样！我以为你是为抓我而来的。如果是这样，娜奥密会不会跟在后边来呢？"

"不会，放心好了，我不在家时，把她的衣服、钱包都没收了，让她迈不出门外一步。那样子就连门口都出不了呀！"

"嘿？是怎么个样子呢？"

"你也看过吧！那一件红色的丝绸睡衣？"

"哦，那件啊！"

"只有那一件，此外就连细腰带也没系，所以安心哪！有如猛兽被关进笼子里。"

"可是，刚才……要是娜奥密来了怎么办？不知道会闹出什么事来哪！"

"你究竟跟娜奥密约今天什么时候见面呢？"

"是前天，被你发现的那一晚。我那一晚缠着她，或许是为了讨好我，娜奥密说后天到大森来吧！当然我也不好，我应该和娜奥密绝交，要不然就和熊谷大闹一场，可是，我办不到。自己也觉得没出息，太懦弱，就这样拖泥带水和他们交往。所以虽然说被娜奥密骗了，也是自己糊涂呀！"

我总觉得他的这句话是针对我说的。当我们面对面坐在"松浅"的包厢里时，甚至觉得这个男的还有点可爱。

我们都被骗了

"滨田，你能老实跟我说，我感觉非常好，来干一杯吧！"我说着，举杯。

"那河合先生是已经原谅我了？"

"没什么原谅不原谅。你被娜奥密骗了，也不知道我跟娜奥密的关系，所以完全无罪。就什么都不要想了！"

"谢谢！你这么说我就放心了。"

滨田看来还是觉得难为情，劝他酒也不喝，头低低的，有所顾虑似的，偶尔插话。

"怎么说呢，对不起，请问河合先生跟娜奥密小姐是不是亲戚的关系？"滨田过了一会儿，似乎想到什么，这么说之后，轻轻叹口气。

"不是，没有亲戚关系。我是在宇都宫出生的，她是纯正的江户人，娘家现在也还在东京。她想上学，但家庭缘故上不了学，我觉得可怜，在她十五岁时我领养了她。"

"那么，现在是已经结婚了？"

"是的。得到双方父母的同意，正式办完手续。那时她才十六岁，由于年龄太小，被当作'太太'看待觉得怪怪的，她自己也不喜欢，所以暂时像朋友一样过日子，我们有过这样的约定。"

"真的吗？那是误解的根源所在。看娜奥密的样子，不像是结了婚的人，而且她自己也没说，因此，我们都被骗了。"

"娜奥密不好，我也有责任。我觉得世间所谓的'夫妇'没意思，主张尽可能过不像夫妇的生活。却变成大错误，以后要改正。真让人头痛呀！"

"这样比较好。还有，河合先生，我本来不该不提自己的过错，却去说别人的坏话，但这话还是要说。不过，熊谷是坏人，不注意不行。我绝不是恨他才这么说的。还有关、中村也都不是好东西。娜奥密小姐并不是那么坏的人。是那些家伙让她变坏的。"

滨田以感动的声音说，同时两眼又泛着泪光。这个年轻人这么认真地爱恋着娜奥密啊，我内心想要感谢他，又觉得对不起他。如果滨田不知道我和她已经是完全的夫妇关系，或许会主动提出"把她让给我"的要求吧！不！不仅如此，即使现在我要是放弃她，他大概马上也会说"我要她"吧！这个年轻人眉宇之间洋溢着让人觉得可爱的热情，因此他的决心不容置疑。

"滨田，我依你的忠告，两三天之内解决问题。而娜奥密，只要和熊谷真的分手就行，如果没有，即使在一起一天也会不愉快……"

"不过，不过，请您不要舍弃娜奥密小姐！"滨田突然插嘴，"如果被你舍弃，娜奥密小姐一定会堕落，娜奥密小姐没有罪……"

"谢谢！真的太感谢了！我对你的善意不知多高兴，说来我从她十五岁时就照顾她，即使被世人嘲笑，也绝没有放弃的念头。只是那个女的个性倔强，我现在只想着如何巧妙地切断她和坏朋友的关系。"

"娜奥密小姐很固执。要是因为小事情突然和她吵起架来，就会不可收拾，所以一定要掌握好分寸。瞧我说话没深没浅的……"

我一再重复向滨田说："谢谢！"如果两人之间没有年龄的差距、地位的不同；如果我们从以前就是感情要好的朋友，我恐怕会拉着他的手相拥而泣也说不定。我当时的心情至少是那样子的。

"滨田，以后就你一个人请来家里玩，不要客气！"分手之际我这么说。

"哦，不过暂时或许不会打扰。"滨田有点支支吾吾，似乎讨厌被我看到他的脸，低下头来说。

"怎么了？"

"在忘记娜奥密小姐这段时间……"他说，眼中含着泪，戴上帽子，说了句"再见"，在"松浅"门口也不搭电车，往品川方向踽踽独行。

我之后当然要去公司上班，然而，工作什么的都无法上手。娜奥密那家伙，现在在做什么呢？只给她穿一件睡衣丢在那里不管，大概哪里都出不去吧！心里这么想，却又担心得放不下。我这么说，是因为意外事件接连发生，一再被骗，因此，我的神经异常敏锐，变得病态。我开始想象、臆测各种情况，这么一来娜奥密这个人仿佛神通广大，具有变化无穷的魔力，我的智慧根本无法企及，什么时候又跟你搞什么，实在无法放心。或许我不在家时发生什么事件也说不定。于是我草草结束公司的工作，赶紧回到镰仓。

"我回来了！"我一看到站在门口的老板娘就说，"她在家里吗？"

"是的，好像在的样子。"

这样我就放心了。"有人来过吗？"

"没有，没有人来。"

我用下巴指向偏间那里，老板娘眨眨眼。那时我意识到娜奥密在的房间，拉门紧闭，玻璃窗中十分阴暗，静悄悄的，看来没人在的样子。

"究竟怎么样呢？今天一整天都在那里……"

哼！真的一整天在里边吗？可是，房间里静得有点离谱，是怎么一回事？她会是什么样的表情？我带着几分不安悄悄地上了走廊，打开独立的偏房的拉门。下午六点刚过十分，在亮光达不到的房间深处角落里，娜奥密以不雅的姿态趴着呼呼大睡。大概由于被蚊子叮咬，把我的防水呢拿出缠在腰间，可身子翻来覆去，只有下腹部处缠得好，雪白的手脚从红色的丝绸睡衣里露出来，像浮在热水里的白菜，这时她运气不好，勾起我捉弄她的心。我不作声地打开电灯，一个人很快换上和服，故意把壁橱的门弄出声响，不晓得她听到了没？依然传出娜奥密均匀的鼻息。

"喂，起床啦，又不是晚上……"大约过了三十分钟，尽管没事，坐在桌前装作写信的我，终于按捺不住出声了。

"嗯……"我怒吼两三次之后她才充满睡意地勉强回答。

"喂！起床啦！"

"嗯……"

娜奥密虽然这么应答，却又没有起床的样子。

"喂！搞什么？起床啦！"我站起来用脚在她腰际用力摇晃，"喂……喂……"

她应声，先伸直细长的两只胳膊，用力握紧小小的、红色的拳头向前伸出，打哈欠的同时撑起身子，之后瞄了我一眼，马上转向旁边，脚背、脚踝附近以及背部都留下蚊子叮过的点点痕迹，开始搔痒。是睡过头了吗？或者偷偷哭过？她的眼睛充血，头发乱得像鬼，垂到两边的肩膀上。

"喂，穿上衣服，不要那样子。"

我到主屋拿来装衣服的包包，放在她面前，她一句话也没说，板着脸孔换上衣服。之后送来晚餐，在用餐时，两人之间始终没有人说话。

在这沉闷的气氛中长时间沉默着，互相盯视着对方。我一直思考着如何让她说实话，有没有可以让这倔强的女人老实道歉的方法呢？滨田说的话——娜奥密个性倔强，因小事而吵架也会变得无法收拾——当然也留在我脑海里。滨田会提出这样的忠告，应该是有过实际的体验吧！而我自己也有过同样的体验。他说，最重要的是不要激怒她，绝不要让她闹别扭，绝不要吵架，虽然这么说，我也不能被她看轻，出手不漂亮不行。还有我要是拿出像法官的态度质问是最危险的。如果正面逼问她："你跟熊谷有过这样的事吧？""还有跟滨田是否也有过这样的事？"她绝不是会认罪回答"是的！"的女人。她一定会反抗，坚持说没有这样的事。这么一来我会急躁动怒。如果这样就完了，因此，逼问不可取。那么放弃让她吐实话的想法吧！由我说出今天发生的事比较好。那么她即使有一点倔强，也不会说不知道吧！我心想：好，就这么办。

"我今天早上十点左右到大森碰到滨田了哟！"先这样子探探她的口风。

"哼！"娜奥密似乎大吃一惊，避开我的视线，用鼻孔这么回答。

"然后我和他聊了一会儿就到了吃饭时间，我邀滨田到'松浅'一起吃饭！"

娜奥密没有回答。我一直注意她的表情，为避免讽刺她，尽量谆谆"教诲"，一直到说完为止，娜奥密始终低着头听。没有不好意思的样子，只有脸颊部分变苍白而已。

"滨田告诉我了，我不用问你都全部了解。所以你不要太倔强。如果觉得你错了就说你不对，只要这么说就行了。怎么样？

承认你不对吧？承认你不好吧？"

　　娜奥密硬是不回答，这就出现了我不愿意看到的逼问场面。"怎么样？娜奥密。"我的语气尽可能温柔，"只要承认不对，我对过去的事完全不会责怪哟。也不是要你双手贴地道歉，你只要发誓今后不要再犯这样的错误就行了。怎么样？懂了吗？不对吧？"

　　于是娜奥密选择好时机轻轻点了点头说："嗯！"承认了。

　　"懂了吧？今后绝不可以和熊谷或什么人玩！"

　　"嗯！"

　　"一定哟！约定好了？"

　　"嗯！"

　　以"嗯！"为结束使双方都很体面地解决了问题，重新和好。

这个女人，已经不纯洁了

那一晚，我和娜奥密好像什么事都没发生似的说些枕边细语，不过，老实说，我心里并不认为已经解决了。这个女人，已经不纯洁了。这样的念头不仅存在我心中，认为是自己的宝贝的娜奥密价值降了一半以上。怎么说呢？她的价值在于她是我亲自养育、精心培养的女人，只有我自己知道她肉体的一切，大半的价值在这里，换句话说，娜奥密对我而言就跟自己栽培的果实一样。在那果实到像今天这么成熟为止，我花了许多精神、劳力。因此，品尝它的滋味是栽培者我理所当然的报酬，其他任何人应该没有那样的权利，然而曾几何时被陌生人剥了皮、被咬了。而且，一旦被玷污了，她再怎么为她的罪道歉也挽回不了。在她高贵圣洁的"肌肤"上永久烙上两个沾满泥泞的贼脚印。我越想就越懊恼。不是憎恨娜奥密，而是无限憎恨这件事。

"让治，原谅我……"

娜奥密看我默默地哭泣，态度相比白天来了个一百八十度大转变，即使她这么道歉，我还是哭泣，只点点头而已。"我会原谅的！"我嘴里这么说，但对于无法挽回的惋惜是消失不了的。

　　镰仓的夏季以这样的结果草草结束了，不久，我们搬回大森的住家。如之前说的，我的心里有了芥蒂，很自然地会在某些场合流露出来，之后两人的感情就不会很和睦。表面上和解了，我其实没有真正原谅她。去到公司也还担心她和熊谷死灰复燃。不在家的时候过于在意她的行动，每天早上故意装作出门，却偷偷绕到后门观察动静。她去上英语和音乐课的日子，悄悄跟在后面，有时瞒着她检查别人寄给她的信，我变成秘密侦探似的心态，而娜奥密心里似乎在嘲笑我的举动，虽然语言上不计较，却做出不怀好意的动作让我瞧。

　　"喂，娜奥密！"某晚我摇晃表情冷淡装睡的她的身体，说道，"为什么装睡？那么讨厌我吗？"

　　"我没装睡呀！只是想睡觉就把眼睛闭起来而已呀！"

　　"那就把眼睛睁开，别人跟你说话，自己闭着眼睛，没这样子的吧？"我这么说，娜奥密没办法，眼睛睁开一条缝，从眼睫毛的阴影里面露出一抹细微的目光，使她的表情更为冷酷，"喂！你讨厌我吗？如果是的话就说出来。"

　　"为什么这么问？"

　　"我大概从你的举止就了解。这阵子我们虽然没有吵架，但心里都在钩心斗角。这样，我们还是夫妇吗？"

　　"我可没有，那是你自己在钩心斗角，不是吗？"

"彼此彼此，你的态度无法让我安心，所以我才会不由自由地疑神疑鬼……"

"哼！"娜奥密鼻孔出现的讽刺的笑打断了我的话。

"那我问你，我的态度有什么奇怪的地方吗？有的话拿出证据给我看！"

"那可没什么证据……"

"没证据还怀疑，你这样不是很无理吗？你不相信我，不给我身为妻子的自由与权利，却想过像夫妇一样的生活，这是不行的呀。让治，你以为我什么都不知道？偷看别人的信，像侦探一样跟踪……我都知道的哟！"

"这是我不对，不过，这也是因为有以前发生的事，神经变得过敏。你不体谅是不行的。"

"那究竟要怎么办才好呢？以前的事不是约定好不说了吗？"

"能够让我的神经稳定下来，你能打从心底和解，爱我的话就行了。"

"这样你必须相信我呀……"

"好，相信呀，今后一定相信。"

在这里我必须坦白承认男人的卑鄙，白天还好，到了晚上我老是输给她。与其说输给她，不如说我心中的兽性被她征服了。老实说，我还是没办法相信她，尽管如此，我的兽性却盲目地要她投降，让她舍弃一切，妥协。也就是说，娜奥密对我而言已经不是最贵重的宝贝，也不是崇拜的偶像，而是一个娼妇。她身上既没有恋人的清纯，也没有夫妇的情爱。那样的东西像从前的梦消失无踪！既然这样，我为什么还迷恋这不贞的、污秽的女人呢？完全是她肉体的魅力，我被它牵引着。这是娜奥密的堕落，同时也是我的堕落。怎么说呢？因为我抛弃身为男人应有的节操、洁癖、纯情，舍弃过去的骄傲，屈身于娼妇面前，而且不以为耻。不！有时候对于那应该鄙视的娼妇姿态，我甚至像仰望女神般崇拜。

娜奥密对我的这个弱点了解得太透彻了。她明白，自己的肉体对男人而言是难以抗拒的诱惑，一到晚上就能打败男人。开始有这意识的她，白天表现出出人意料的冷淡态度。自己只是把自己的"女性"出卖给眼前这个男人而已，除此之外，对这个男人毫无兴趣，也没有任何关系。她的这种思想日益明显地表现出来，有如路人般冷冷地对我冷漠简慢，偶尔我跟她说话也不好好回答。除非必要的场合，也只是回答"是"或"不是"。对她这样的态度，我只认为是她消极地反抗我，表现出对我极度的侮蔑。"让治，无论我多么冷淡，你都没有生气的权利。你从我这里取得了想取得的东西不是吗？因此，你获得了满足，不是吗？"我一到她前面，就感觉像被这样的眼神瞪着。而且，那眼睛动不动就露出轻蔑的表情让我看："哼！多讨厌的家伙！这家伙是像狗一样下流的男人。我没办法只有忍耐。"

可是，这种状况不可能持久。两人彼此探寻对方的心，继续阴险地暗斗，都做好了到什么时候它一定会爆发的准备。某晚，我以比平常特别温柔的语气叫她："喂！娜奥密！我们停止无聊的倔强好吗？你怎么样我不知道，但是我终究受不了呀！像这阵子这么冷淡的生活……"

"那么，你想怎么样呢？"

"想办法恢复真正的夫妇生活。你跟我都有一半在闹脾气，这是不行的呀，认真地找回从前的幸福，不努力是不对的呀！"

"努力？我想心情这东西是不容易改的呢！"

"或许是这样，不过，我想到一个两人能变幸福的方法。你要是同意就行了……"

"什么方法？"

"你愿意为我生小孩，当母亲吗？即使一个也行，只要有了小孩，我们一定能成为真正意义上的夫妇呀！会幸福的。拜托你，听听我的请求！"

"我不要！"娜奥密断然拒绝。

"你不是说过，我不要生小孩，一直都保持年轻，像少女一样，夫妇之间有了小孩比什么都可怕之类的话吗？"

"也有过那么想的时候，不过……"

"那是你不像以前那样爱我了，是吗？我再怎么老、变污秽你都无所谓咯？不！一定是这样，你不爱我了！"

"你误解了，以往我像朋友一样爱你，但是，今后会以真正的妻子爱你……"

"这样你认为就能恢复到从前的幸福吗？"

"或许不能像从前那样，不过，真正的幸福……"

"不！不！那样的话我不要！"她说，我话还没说完她就摇头。

"我要像从前那样幸福，否则就什么都不要。说好这样，我才来你这里的。"

.

给我滚出去

　　娜奥密无论如何都不愿意生小孩的话，我还有一个手段，那就是结束大森"童话之家"，找正常的、普通的家。我憧憬单纯生活的美名，住在这么奇妙的、极不实用的画家的画室。然而，使我们的生活堕落的确也是这个家的关系。这个家住着年轻夫妇，也没有女佣，双方都很任性，单纯的生活不但不能单纯，反而变得放荡恣肆，这也是必然的。因此为了监视我不在家时的娜奥密，我决定找一个小厮和一个烧饭的。搬到主人夫妇和两个女佣可以住得下的，不是所谓的"文化住宅"，而是纯日本式，适合中流绅士的家。卖掉目前使用的西洋家具，全部换上日本式的家具，为了娜奥密特别买一台钢琴。这样她学音乐可以请杉崎女士到府授课，英语方面也可以请哈里逊小姐来家里，自然她就不会有外出的机会。实施这计划需要一笔钱。我向老家说明，等一切准备妥善才让娜奥密知道，我抱着这样的决心，单独找寻新家、看家具等，相当辛苦。

　　老家说先寄这些过来，那是一千五百日元的汇票。我也拜托老家帮忙找女佣，母亲的亲手信跟汇票放在一起。"女佣有很适合的，家里使用的仙太郎的女儿阿花，今年十五岁，关于她，你也了解，她个性可以放心使用吧！煮饭的女佣再找一找，新家定好之后再让她上京。"

娜奥密可能感觉到我偷偷在计划什么吧！以"看你在玩什么把戏"的心情观察，刚开始冷静得异常。然而，母亲的信寄来后两三天的一个夜晚……

"喂，让治，我想要洋装，可以为我定做吗？"突然，她以撒娇的声音说，但其中透出一种异样的嘲弄。

"洋装？"

我愣了一下，一直注视着她的脸，察觉到"这家伙知道汇票寄来了，所以试探我"！

"喂！好吗，不是洋装，和服也可以呀！准备冬天到别的地方穿的。"

"我暂时不会给你买那样的东西。"

"为什么？"

"衣服不是多得不得了吗？"

"虽然很多，穿腻了又想要了呀！"

"绝对不允许那么奢侈。"

"嘿？那么那些钱要怎么用？"她终于露出马脚了！

我佯装不知："钱？哪里有什么钱？"

"让治，我看过书箱下的挂号信了呀，让治随便看人家的信，所以我想这样子应该也没关系。"

我感到意外。娜奥密谈到钱，我只想到她看到有挂号信猜想会装有汇票，至于看我藏在书箱下信的内容，完全出乎我的意料。不过，一定是娜奥密想要找出我的秘密，所以搜寻我藏信的地方，看到了，那么汇票的金额，搬家的事，女佣等一切都应该知道了吧！

"我想，有那么多钱，帮我做一件衣服总可以吧。你忘记你说过'为了你住在再怎么狭窄的家，多么不方便都能忍耐。拿那些钱尽可能让你过得奢华'的话了？你跟那时候完全不一样。"

"我爱你的心没有改变，只是爱的方式改变而已！"

"那，搬家的事为什么瞒着我？什么都没跟人商量，准备命令式地做？"

"找到适当的家，当然会跟你商量……"我的语气缓和，想让事情平息下来，"喏！娜奥密，说到我真正的心情，我现在也想让你过得奢华呀！不只是衣服，住家也要住在相当好的家，你生活的全部，让你提升得像更高贵的太太。那么你就不会有什么抱怨的了，不是吗？"

"真的？那就谢谢啦……"

"那么明天就跟我一起去看房子怎么样？房间数比这里多，你要是有喜欢的家，哪里都行！"

"这样的话，我要洋房，日本式房子真是够了。"我一时语塞。她露出"让你知道我的厉害！"的表情，恶狠狠地说："女佣，我请浅草的家帮我找。我拒绝那么乡下的用人，因为是我要用的女佣。"

像这样的争吵随着次数增加，两人之间的低气压越来越沉重，一整天都不开口的日子也是常有的；最后的爆发是在搬离镰仓之后两个月，十一月初，我发现了娜奥密没和熊谷断绝关系的铁证。

我想有必要在这里详细说明我发现的过程。我早就为搬家做准备，同时，我直觉地感到娜奥密行踪可疑，因此例行的侦探行动并未松懈，有一天她和熊谷大胆地在大森家附近的曙楼幽会回来，我终于按捺不住了。

那一天早上，娜奥密化的妆比平常艳丽，我感到可疑，离开家后马上折返躲在后门小储藏室炭堆后边（因为这样子，那段时间我向公司请假）。到了九点左右，尽管娜奥密今天不用上课却打扮得漂漂亮亮出门，不往停车场的方向加快脚步，却朝相反方向走，我等她走三四十米之后赶快跑回家，抓出学生时代用的斗篷和帽子，在洋服上披上斗篷，赤脚穿木屐跑出门，远远地跟踪娜奥密。她进入曙楼，大约十分钟后我确实看到熊谷也到那里，我等候他们出来。

他们回去时也分开行动，熊谷留下，娜奥密先走一步。大约是十一点左右，出现在对面的大马路。她跟来时一样，从那里到自己的家大约一千多米，头也不回，一直走。我也逐渐加快脚步，她打开后门进入，不到五分之后我也进去。

进去那一刹那我看到的是呆滞、有一种凄惨感觉的娜奥密的眼睛。她在那里站得直直地瞪着我。她脚下散落着我刚才脱下的帽子、外套、鞋子、袜子。因此她一切都明白了吧！反射着画室灯光的她的脸，在天气晴朗的秋天早上，有着有如一切都放弃的深深的寂静。

"给我滚出去！"

只有一句连自己的耳朵都轰然作响的怒吼，我没说第二句，什么也没说。两人面对面，有如拔刀相对，两眼瞪得大大的找寻对方的空隙。那一瞬间，我觉得娜奥密的脸实在很美。我了解到女人脸上会因憎恨男人而变得漂亮。唐·荷西由于越憎恨卡门越觉得她漂亮，所以必须杀了她，这样的心境我非常了解。娜奥密的视线不动，脸上的肌肉也不动，失去血色的嘴唇紧闭，站着的姿态如邪恶的化身。啊，那是完全暴露出淫妇面貌的形象。

"滚出去！"我再一次大吼，被不明的憎恨、恐怖与美丽驱使，使劲抓住她的肩膀，往出口处推出去，"滚出去！给我滚出去！"

"原谅我……让治！以后……"娜奥密的表情骤然改变，声音哀怨颤抖，眼眶含泪，啪的一声跪下来请愿似的仰望我的脸，"让治，是我不好，请原谅我！拜托……拜托……"

我没想到她轻易请求我原谅，惊讶之余反而更气愤。我紧握双拳连续殴打她。

"畜生！狗！不是人！你已经没用了！我说滚出去还不滚！"

娜奥密当下似乎察觉到"这样失策了！"，突然改变态度，忽地站了起来。"好！我……我出去了！"语气跟平常一样。

"好！马上出去！"

"好！我马上走。我到二楼拿更换的衣服都不行吗？"

"你马上回去，派人来取行李！"

"可是，这样不行呀！我现在马上有一些要用的东西。"

"那就随你了！要快点啊！"

我看得出娜奥密以为我说马上送行李过去是一种恐吓，我不想输给她才这么说，她上了二楼把那里全部翻遍，篮子、包袱巾，打包了好多行李，自己叫了人力车放到车上。

"祝你愉快，打扰多时了！"

出去时这么说，她的辞行干脆到极点。

午后十二点三十六分

她的车子一离开，我马上漫无目的地拿出怀中手表，看时间，刚好是午后十二点三十六分。刚才她从曙楼出来是十一点，之后经过那样的大吵架一下子形势突变，刚才还站在这里的她已经不在了。这之间仅仅一小时三十六分钟。人们常常当自己看护的病人咽下最后一口气时，或者遇到大地震时，会不自觉地看表。我在那时突然拿出表来看大概也类似那样的心情吧！大正某年十一月某日午后十二点三十六分——我在这一天这一时刻，终于和娜奥密分手了。自己和她的关系，这时刻或许宣告终结。

"我放下心中的重担了！"

总之，经过这阵子的暗斗，我已经筋疲力尽了，我颓然地坐到椅子上，心中茫茫然。当下的感觉是"感谢！总算解脱了！"的轻松心情。我这么说不只是精神的疲劳，连生理方面也觉得疲劳，想好好休养，毋宁说死是我肉体方面强烈的要求。譬如娜奥密是非常烈的酒，尽管知道无论哪种酒喝太多都会中毒，可是每天闻到那芳醇的香气，看到美酒盈杯，我还是忍不住要喝。喝得越多，体内的酒精含量节节上升，倦怠、慵懒、后脑门像铅一样沉重，突然站起来会感到晕眩，好像要往后倒下去。而且，常宿醉，对胃不好，记忆力衰退，对所有事情都没兴趣，像病人一样没有精神。脑中浮现的尽是娜奥密奇妙的幻影，这幻影有时像打嗝一般噎在胸口，她的体味、汗水、脂肪经常让人感到厌烦。现在，娜奥密不在了，眼不见心不烦，我的心情就像是进入梅雨季的天空骤然变晴朗的感觉。

然而，如刚刚说的，那完全是当下的感觉。老实说，那种轻松的心情只持续了大约一个小时。无论我的身体多么健壮，所有的疲劳也不可能通过一个小时左右的时间消除，或许那短暂的轻松心情只是因为坐在椅子上休息了一下吧！不久，浮上心头的是刚才和娜奥密吵架时她那异常漂亮的容貌。是"憎恨男人才变得那么漂亮"的，那一刹那的她的脸。那是我憎恨到即使刺死她都觉得不够的淫妇之相，永远烙到脑中，即使我想抹掉它，也不会消失。不知怎的，随着时间的流逝愈发鲜明地呈现在眼前，感觉她就在我面前，瞪大眼睛注视着我，那憎恨逐渐转变为无尽的美。想想她的脸洋溢着那么妖艳的表情，是我以往从未见过的。无疑，那是"邪恶的化身"，同时，她的身体和灵魂具有的一切的美，在最高潮时表现出来。刚才吵架吵得最厉害时，我竟不自觉地被那种美感动，心里大叫："啊多美啊！"为什么那时候没有在她脚下跪下来呢？经常是温和、没脾气的我，再愤怒又怎么能够面对那可怕的女神，骂得那么凶，举得起手来呢？我是从哪里产生那么粗暴的勇气呢？直到现在我仍觉得不可思议，甚至逐渐涌上憎恨那粗暴与勇气的情绪。

"你真是糊涂呀！做了非常不对的事。即使只有一点点的不好，想拿它跟'那张脸'换吗？从今以后，在这世间再也见不到第二次那种美的啦！"

我一开始仿佛听见有人这样责备我，是的，我觉得自己确实做了无聊的事。"平常一直注意不要让她生气，造成这样的结果，一定是着了魔。"这样的想法不知从哪里浮现了。

一小时之前，觉得她是那么大的负担，诅咒她存在的我，为什么现在反而诅咒自己，后悔自己的轻率？那么讨厌的女人，为什么又变得这么想念她呢，我自己也无法说明这么急剧的心理变化。恐怕是只有恋爱之神才知道的谜吧！我不知何时站起来，在房间里来回踱步想了很久，怎么样才能治愈这爱慕之情呢？然而再怎么想也想不出治疗的方法，只想着她的美。过去五年间共同生活的各种情景，啊，接连浮现那时的脸，那样的眼睛，那莫非是恋爱的种子？尤其让我忘不了的是，她十五六岁还是个姑娘的时候，每晚让我进浴室帮她洗身体。然后我当马，她骑在我背上"嗨！嗨！走！走！"在房间里绕着玩。为什么我对那么无聊的事会那么怀念呢？实在有点蠢，可是，今后如果她再一次回到我这里的话，我最先想做的是再玩一次那时的游戏看看。再让她骑在背上，在房间里爬。如果可以的话，我不知道会有多高兴，只是想想就觉得这件事是最幸福的。不！不只是想想，我怀念她之余，会不自觉地趴在地板上，宛如她就坐在我背上，在房间里绕来绕去。然后，我——走上二楼——把这些事情写出来真是丢脸到极点，拿出好多件她的旧衣服，背在背上，两手戴着她的袜子，又趴着在房间里爬来爬去。

这个故事读者大概还记得吧！我有一本纪念册题着"娜奥密的成长"。那是我详细记录带她入浴室、帮她洗身体时，她的身体每日成长的情形，可以说是娜奥密从少女逐渐变成大人——像专家似的把它记录下来的一种日记簿。我回忆起那日记四处贴着当时娜奥密的各种表情、姿态、身体变化的照片，我把尘封多年沾满尘埃的那本簿子，从书箱底下抽出来，依顺序一页一页地翻，以慰思念之苦。那些照片除了我以外绝对不能让别人看，所以我一直自己冲洗，可能是因为冲洗的技术不佳，那些照片长出像雀斑似的斑点。那些照片大多已有些岁月，有如旧画像朦朦胧胧的，不过，这反而增加怀念之思，感觉像是经过了十年、二十年的事，有如回忆幼年时期遥远的梦。照片中有她在每个阶段最喜欢穿的服装或装扮，有奇异的、轻快的、奢华的、滑稽的……我几乎没遗漏地拍下来。某一页有穿天鹅绒的背心，男装打扮的照片；翻到下一页则是以薄纱布缠身如雕像伫立的姿态；再下一页是穿着闪闪发光的缎子短外褂配上缎子的衣服，细带把胸束得高高的，缎带衬领的样子。此外还有各种多表情动作或模仿女明星的照片——玛丽·璧克馥的笑容，葛洛丽亚·斯旺森[1]的眸子，宝拉·奈格里[2]的凶悍、贝比·丹尼尔斯[3]的俏皮，有生气的、嫣然一笑的、失望的、恍惚的……翻阅之间，她的脸或身体动作的各种变化无不诉说着她对这方面的敏感、聪明、灵敏。

"真是荒唐！我让一个了不起的女人跑掉了！"

我发了疯似的捶胸顿足、后悔莫及、继续翻阅日记，还有各色各样的照片。拍摄手法越精细，有局部特写，连鼻子形状、眼睛的样子、唇形、手指、手腕的曲线、肩膀的弧度、背部曲线、脚的曲线，手腕、脚踝、手肘、膝盖、脚底都拍了，有如拍摄希腊的雕刻或奈良的佛像。娜奥密的身体都成了艺术品，在我眼中实际比奈良佛像更为完美，仔细端详甚至涌现出宗教性的感动。啊，我究竟做何打算会拍下这么精细的照片？可曾预料到这些有一天会成为悲伤的纪念吗？

我对娜奥密的思念越发炽烈。天已经黑了，窗外星星闪烁，甚至觉得有点寒意，我从上午十一点开始就没吃饭、未起火，连开灯的力气也没有，在暗下来的家中爬上二楼又下来。"糊涂！"边说着，边打自己的头，面向有如空室、静悄悄的画室墙壁大喊："娜奥密！娜奥密！"继续呼喊她的名字，最后以额头擦撞地板。

---

[1] 葛洛丽亚·斯旺森：Gloria Swanson，美国女演员。以其在无声电影中的生动表演技巧和魅力而著名。

[2] 宝拉·奈格里：波兰裔女演员。

[3] 贝比·丹尼尔斯：Bebe Daniels，美国女演员。

无论如何，非把她找回来不可。我绝对无条件在她面前投降。她说的、想要的，一切我都顺从。然而现在她在做什么呢？带那么多行李，一定是搭车从东京车站去的吧！这样的话，到浅草的家应该有五六个小时了。她会对娘家的人老实说出被赶出去的理由吗？或者以她好胜的个性，会说一时离家出走，把姐姐、哥哥弄得一头雾水呢。她很讨厌被说娘家在千束町从事下贱工作，她是那里的女儿，把父母、兄弟姐妹当成无知的人看待，很少回娘家。在这不和谐的家人之间，现在正谈论如何善后吗？姐姐或哥哥当然说，去道歉，娜奥密强硬到底，"我不可能去道歉的。谁去帮我把行李拿回来？"然后做出完全不担心的样子，以平常的表情开玩笑，摆出高气焰，夹杂英语炫耀时髦的衣裳或所带的东西，有如贵族的公主访问贫民窟，举止嚣张，不是吗？

然而，不管娜奥密怎么说，这毕竟是一件大事，既然发生了，必须有人赶快过来不可。如果当事人说"不会去道歉什么的！"的话，姐姐或哥哥代替她前来，或者娜奥密的父母谁也不愿意以亲人身份担心娜奥密？有如娜奥密对他们冷淡那样，他们也从以前就对娜奥密不负任何责任，像那时对我说过的——那个孩子一切交给你了——把十五岁的女儿托付给我，表现出随你爱怎样就怎样的态度。因此，这次也会任凭娜奥密闹得昏天黑地，他们也依然袖手旁观、漠然置之吧？如果那样也不会有人专程来拿行李了，不是吗？虽然我说"你马上回去，派人来取行李！"，到现在不见人来，是怎么回事？更换的衣服和手边的东西尽管带走了，但是，她视为"仅次于生命"的盛会时穿的衣服还留有几套。反正她在那贫贱的千束町一天也待不了，每天一定会以让左邻右舍惊艳的时髦打扮出去逛逛吧！这么一来衣裳更是必要，要是没有会受不了吧。

　　然而，那一晚我等到天黑也不见娜奥密派人来。我一直到天暗下来都没开灯，出去看看门牌是不是掉了？搬椅子到门口等不知几小时后会在户外响起的脚步声；八点，九点，十点，到了十一点……终于这一整天都没有任何消息。彻底陷入悲观的我，又产生种种无来由的臆测。娜奥密没有找人来，或许证明是认为事件不严重，两三天之后就解决了，可能是没放在眼里！"没问题的！对方恋着我，没有我连一天都受不了，一定会来接我的！"这正是她运用的策略不是吗？她已经过惯奢侈的日子，知道没办法在老家那样的环境中生活。即使到其他男人那里，也不会有人像我这么重视她，随她高兴。娜奥密这家伙对这样的事了解得非常清楚，别看嘴里说硬话，其实心里一直等着我去接她吧！或者明天早上，姐姐或哥哥就会来调解了？说不定夜晚忙着做生意，不是早上出不了门。总之没有人来反而还有一缕希望。如果明天还没有消息，我再去接。这么一来就什么志气、名誉都没了，本来我也因为志气和名誉才失算的。即使被娘家的人笑，被她看穿心思，反正去道歉再道歉，拜托姐姐、哥哥帮忙说说好话，重复百万遍说："这是我最诚恳的请求。"这么一来她有了面子，会大摇大摆地回来吧！

　　我几乎整夜未曾合眼，等到翌日下午六点左右，还是没任何消息，我已经受不了，离开家急忙往浅草赶去。我希望早一刻见到她，只要看到她的脸我就放心了。所谓热恋，说的就是那时候的我吧！我心中除了"见她看她"的念头之外别无其他。

　　大概是七点抵达花商后边，错综复杂的巷弄之中的千束町的家！感觉相当难为情，我悄悄拉开格子门，站在土间小声说："我从大森来的，娜奥密在家吗？"

　　"哦，河合先生！"姐姐听到我的声音从旁边的房间探出头来，表情非常惊讶，说，"嗯？娜奥密吗——不在！"

　　"那就奇怪了，应该不会没来吧，昨夜说要来这里就出门了……"

五雷轰顶

　　最初我猜想是她让姐姐故意这么说的，于是说了许多好话拜托她把娜奥密叫出来，后来慢慢了解娜奥密似乎真的没有来这里。

　　"这就奇怪了，她带着很多行李，那样子能够跑到哪里呢？"

　　"咦，她带着行李？"

　　"箱子、皮包、包袱巾，带了相当多。其实我们昨天为了小事稍微吵了一下。"

　　"她本人说要来这里？"

　　"不是她本人，是我说的呀！我说现在马上回浅草，派人过来——我想她若是来的话，事情会比较清楚。"

　　"这样子啊。可是，没来我们这里呀！发生这样的事或许会来，可是……"

　　"可是，你从昨晚开始就不知道了！"在我们谈话之间，她哥哥也出来说道。

　　"还有哪个地方？心中有谱的话到别的地方找找看。到目前为止，她没来，没回到这里呀！"

"而且，娜奥密根本就不回家，那是什么时候，根本不记得了，已经两个月没见面了！"

"对不起，如果来这里的话，不管她本人说什么，请赶快通知我。"

"好的，我现在对那孩子不会有什么想法，来的话马上通知你。"

我坐在横框上，喝着涩涩的茶，束手无策，面对听到妹妹离家出走也不担心的姐姐和哥哥，我在这里诉衷情也于事无补。我再三强调，万一她回到这里来，无论什么时候，如果是白天请打电话到公司。这阵子有时我向公司请假，要是不在公司，请马上打电话到大森。一接到电话我会马上来接，在这之前不要让她到别的地方去，等等，反复拜托，即使这样也总觉得这些人懒散靠不住，还告诉他们我公司的电话号码。看这情形，大森家的地址他们可能还不知道，于是详细写给他们才出来。

"怎么办呢？跑到哪里去了呢？"我几乎要哭出来了！不，事实上我或许已经哭了。

走出千束町的巷子，我毫无目的地在公园中走来走去思索着，她既然没回娘家，看来事态比预料的严重。

"那一定是去熊谷那里了，一定逃到他那里去了！"我想到这里，想起娜奥密昨天出去时说："这样我也麻烦，现在马上有一些需要用的东西。"不错，被我料到了。没错，应该是这样，准备到熊谷那里，才带那么多行李去。或许以前两人就商量好，怎么样时怎么办。如果这样就相当麻烦。首先，我不知道熊谷家在哪里。但只要查一下就会知道，但是那家伙不可能把她藏在父母的家吧！那家伙尽管是不良少年，但父亲似乎是相当有地位的人，不会允许自己的孩子做出坏事吧！若他也离开家，两人藏在哪里呢？拐了父母的钱，游手好闲，不是吗？如果能弄清楚是这样也好。那么我就和熊谷的父母亲谈判，要他们严加干涉，即使他不听父母的话，钱用完了两人就无法生活，最后他也会回自己的家，娜奥密就会回到我这里。结果大概是这样吧！在这之间自己的辛苦呢？那是一个月就够了吧？或者需要两个月、三个月，或者半年呢？不！要是这样就惨了。要是这样，她渐渐就会不想回家，说不定又会有第二个、第三个男人。所以我不能拖拖拉拉的。这样子分开，跟她的缘会变浅，她时时刻刻会想远离。那么，我来抓给你看，你想逃就逃得了吗！我无论如何要把你抓回来！临时抱佛脚，我对神没什么信仰，但是那时突然想起来，去拜观音。诚心祈求"早一点让我知道娜奥密的住处，明天就回来吧"！然后到哪里去呢？逛了两三家酒吧，喝得酩酊大醉，回到大森的家已超过夜晚十二点。可是，即使酒醉，脑中想的还是娜奥密，想睡也睡不着。在这之间酒醒了，又为这件事担心。怎么样才能查到住处呢？事实上熊谷是否离家出走，如果不先从他身上加以确认，要是直接跟那家伙的家人谈判也太轻率了，这么说除了找侦探社，没有查证的方法……我左思右想之后，突然想到了滨田。还有滨田，我大意忘了他，那个男的是我这边的。我们在"松浅"分别时应该跟他要了地址，明天就赶快写信给他。写信不好意思就打电报吧！这又有点太小题大做了，他大概有电话吧！那就打电话请他来？不！不！他来，太慢了。有那时间还不如用来找熊谷。在这时最重要的是了解熊谷的动静，滨田要是有线索马上会向我报告吧！当下，能够体察我的痛苦，救救我的人除了那个男的别无他人。这或许是"临时抱佛脚"也说不定。第二天早上，我七点起来跑到附近的公共电话厅，翻电话簿，幸运地找到了滨田家。

"哦，是找少爷啊？他还没起床……"女仆接电话时这么说。

"非常抱歉，有急事，能不能转达一下……"我硬是拜托。过了一会儿来接电话的滨田问："您是河合先生吗？那个住大森的？"是滨田睡意蒙眬的声音。

"是的，我是大森的河合，老是麻烦你，这次突然在这时间打电话非常抱歉。其实，是娜奥密逃走了。"

说到"逃走了"时，我不自觉地变成哭泣声。这是非常冷的，像冬天的早晨，我在睡衣外披了棉和服急忙出来，因此手握电话筒时，身体不停地颤抖。

"啊，娜奥密小姐。果然会有这种事发生。"滨田的语气意外地非常镇定。

"啊，你已经知道了？"

"我昨夜碰到过她呀！"

"咦？见到娜奥密？昨夜见到过娜奥密？"这次我身体的颤抖跟之前不同，整个身体哆哆嗦嗦，抖得过于激烈，前齿"哐"地碰到话筒。

"昨晚我到钻石咖啡店跳舞，娜奥密也来了。我没问她发生了什么事，不过她的样子怪怪的，我想大概是那回事吧！"

"跟谁一起来的呢？是不是跟熊谷？"

"不只是熊谷，还有五六个男的，其中还有西洋人。"

"西洋人？"

"是的，她穿着看起来很体面的洋装哟！"

"离开家时，并没带洋装……"

"反正是洋装，而且还是正式的晚礼服呀！"

我有如五雷轰顶，脑中一片空白，不知道要问什么才好。

送上门来的肥羊

"喂！喂！河合先生，怎么了……喂……"我没出声太久，滨田频频催促，"喂……喂……"

"啊……"

"河合先生吗？"

"啊……"

"怎么了？"

"啊，不知道怎么办才好……"

"可是在电话中想，也无济于事，不是吗？"

"我知道没用……可是，滨田君，我实在很困扰呀！不知道怎么办才好。她不在，我好难过，晚上也睡不好。"我为了博取滨田的同情以充满悲伤的语气继续说下去，"……滨田，我此刻除了你之外没有可以依靠的人，所以，虽然是意外的麻烦，我……我……想知道娜奥密的住处。到底是在熊谷那里，还是在哪位其他的男人那里？我想弄清楚。我这实在是一厢情愿的拜托，能不能尽力帮我查一下呢？我想你比我门路多一些，不如你来查，会有更多的线索……"

"是，我查的话说不定马上就会知道。"滨田爽快地说，"不过，河合先生，你想她大概会在哪里呢？"

"我认定就是在熊谷那里。其实，是你我才说，娜奥密现在还瞒着我和熊谷维持关系。前阵子暴露出来，最后她和我吵架，才离家出走。"

"嗯……"

"依你的说法，她和西洋人等各色各样的男人混在一起，还穿着洋装什么的，我实在想象不出来。不过，要是见了熊谷，大概的情况就明白了。"

"是的，是的。"滨田打断我的抱怨，"好吧！我就查查看。"

"请你尽可能快一点，拜托！拜托！如果可能的话，最好今天就能告诉我结果，那就感激不尽了……"

"哦，这样子啊，尽量今天之内就能查到吧，知道的话怎么通知你？你这段时间还在大井町的公司吗？"

"不！发生这件事之后，我一直向公司请假。心想万一娜奥密会回来，所以，尽可能待在家里。所以，这实在是很失礼，打电话不太妥当，能见面的话就太好了……怎么样？要是情形了解了，你能到大森的家里来吗？"

"好啊，反正我也闲着。"

"谢谢……能这样子真是太感激了！"我心急如焚，恨不得滨田马上就能查出结果，于是急急忙忙问道，"那大概什么时候会来呢？最晚到两点或三点会知道吧？"

"我想大概能知道吧，不过，这家伙除非是看到了人，否则他不会老实说的。我会采取最好的方法，看情形说不定要两三天……"

"那也没办法，不管明天还是后天，我在家一直等到你来。"

"知道了，详细情形等我们见了面再说。那，再见了。"

"喂！喂！"电话快挂时，我又急忙叫住滨田，"喂！喂！还有……这也是看当时情况，怎么样都行！你要是直接见到娜奥密，而且有谈话机会的话，就这么说，我决不会追究她的过错，我很清楚她的堕落我自己也有过错。因此，我对自己的过错深深道歉，任何条件我都会接受，把一切付诸流水，无论如何请她回来一趟。如果这样她也不愿意，至少和我见个面吧！"

在说到"任何条件我都会接受"的下一句，真正的心情是"如果她说让我跪下，我也会欣然跪下。说向大地磕头！我就向大地磕头。无论怎么道歉都行"。其实我心里想这么说，但毕竟没好意思说出口。

"如果可以，请你告诉她，我很想念她。"

"这样子啊！有机会的话我会尽量转告！"

"还有……她是那样的脾气，虽然心里很想回来，说不定还硬撑着。如果是那样，就说我很颓丧，还说，要你把她硬拉回来。"

"知道了，知道了，我不能保证可以办到，尽量就是了！"

我过于啰唆，滨田的语气似乎有点不耐烦，我在公共电话边，

打到小钱包的五日元硬币没有为止。大概这是我生平第一次这样
说话带着哭腔哭调，声音颤抖，而且滔滔不绝，又死乞白赖。我
挂断电话，并未因此而安心，以迫切的心情等待滨田到来。虽说
今天之内可能会来，要是今天没来怎么办才好？不！不是怎么办
才好，而是自己会怎么样？自己现在除了思恋娜奥密之外，没做
任何事。什么事也做不了。睡觉、吃饭、外出……什么都不行，
只是待在家中，让陌生人为自己奔走，自己只有束手等待别人来
报告。其实，人，没有比什么都不做还要痛苦的。更何况，我还
想念娜奥密，想念得要死。这种思念会伤害身体，自己的命运委
之于他人，只有注视时钟的时针，想想实在受不了。即使是短短
的一分钟，"时间"的步伐也慢得让人惊讶，感到无限长久。一分
钟要六十个才是一个小时，一百二十个才是两个小时，假设待三
小时，无事可做，无可奈何的"一分"，秒针嘀嘀嗒嗒，需要绕
一百八十次的圆周。倘若不是三个小时，是四个小时、五个小时，
或者半天、一天，要是两天、三天的话，在等待与思念之余，我
一定会发疯。

　　我心里盘算着，滨田再怎么快也要到黄昏才会来吧，打电话
四个小时之后，大约十二点，门外的门铃响得刺耳，接着是滨田
说："你好！"

　　我听到这意外的声音，不由得高兴得跳起来，急忙去开门。
语气慌张："啊，你好。现在马上就开门。"突然有个念头涌上心
头："没想到这么快就来，说不定很快就见到了娜奥密，见了之后

事情马上解决，带她一起回来了不是吗？"我更是欣喜若狂，心脏怦怦跳。

打开门，我以为她会紧跟在滨田后边，眼睛骨碌碌地环视附近。但是没有人，只有滨田一人站在那里。

"嘿，之前很失礼。怎么样？知道了吗？"我突然以紧咬住他似的语气询问，滨田的态度异常冷静，怜悯似的看我的脸。

"知道是知道了……可是，河合先生，那个人很差劲，还是死了心好哟！"他说得极干脆，同时摇摇头。

"哦？哦？这到底是怎么一回事？"

"怎么回事，根本不像话。我是为你着想才说的，忘掉娜奥密这个人怎么样？"

"那么你是见了娜奥密吗？见了面谈了话，但是感到非常绝望，是这意思吗？"

"不！我没见到娜奥密。我到熊谷那里，完全了解情况后才来的。实在是太过分，我真的太惊讶了！"

"滨田，娜奥密到底在哪里？这是我首先想知道的。"

"在哪里？也没有固定的地方，到处住呀！"

"没有那么多家可以住吧？"

"不清楚，到底有几个你不知道的男的朋友？听说最初和你吵架那天，到熊谷那里去了。要是先打电话，悄悄地来也还好！她可是带了行李，雇车子，突然停在玄关，引起熊谷的家人的一阵骚动，谈论她是谁，又不能说'请进！'，连熊谷也不知该怎么办。"

"嗯！然后呢？"

"没办法，只好把行李藏在熊谷的房间，之后两人外出，到一家好像不太正经的旅馆，而且那旅馆，还是在大森住宅附近叫什么楼的地方，就是那天早上在那里见面被你逮到的地方，实在太大胆了，不是吗？"

"那么，那天又到那里去了？"

"是这么说的。熊谷还得意扬扬地谈论两人的性事，我听了很不高兴。"

"那么那一晚两人就住在那里吗？"

"好像不是。到傍晚为止在那里，之后一起到银座散步，在尾张町的十字路口分手。"

"这就奇怪了！熊谷这家伙是不是说谎？"

"不，等等，请听我说完。分手时熊谷有点同情她，问她：'今晚住在哪里呢？'她回答：'住的地方要多少都有。我到横滨去。'毫无颓丧的样子，就这样子慢慢往新桥的方向走去。"

"横滨，谁那里？"

"熊谷心想这就奇怪了呀！娜奥密再怎么有面子，横滨应该没有可以住的地方吧！可能嘴里这么说，实际上会回大森吧！第二天傍晚，娜奥密打电话来说：'我在钻石咖啡店等你，请马上来！'熊谷去了一看，娜奥密穿着似乎从未见过的晚礼服，拿着孔雀的羽毛扇，颈饰、腕环金光闪闪，被有西洋人在内的许多男士包围着，似乎非常高兴。"

　　听完滨田说的话，我彻底惊呆了，娜奥密仿佛是一个"魔盒"，打开一看，从里面会蹦出让人意外的东西。也就是说娜奥密最初的晚上好像住在西洋人的地方，那个洋人名叫威廉·马可尼尔，就是那个我第一次和娜奥密到钻石咖啡店跳舞时，连自我介绍也没有就跑到旁边硬要和她一起跳舞的厚脸皮、油头粉面娘娘腔的男人。然而更惊人的是，根据熊谷的观察，娜奥密到那晚去住为止，和那个叫马可尼尔的男子交情并没有那么深。本来娜奥密以前似乎就偷偷喜欢那个男的。他有点好色，长得也算漂亮，因此不仅被舞友们称为"色鬼洋人"，连娜奥密自己也说过："那个洋人的侧脸很迷人，有点像约翰·巴里不是吗？"——约翰·巴里就是经常在银幕上看见的美国电影演员约翰·巴里摩亚——确实她早就注意到他了，或者稍微使了眼色也说不定。因此马可尼尔看出"这个妞对我有意思"，和她调过情吧。他们无疑不是朋友关系，只是这样的缘故就硬是去了。而去了一看，马可尼尔也认为是"送上门来的肥羊"就问："今晚要不要住在我家？""好啊，住下来也好呀！"

　　"这家伙真是太随便了，第一次去男人家，当晚就住下来。"

　　"可是，河合先生，娜奥密说得很平常，马可尼尔还觉得有点不可思议，听说昨晚还问熊谷，这个小姐究竟是什么来历？"

　　"留来历不明的女人住宿，主人也真是的！"

　　"不只是留宿，还送她洋装、腕环、颈饰，所以现在傲气得很呢！你说怎么着，光是一个晚上就变得非常熟稔，娜奥密就叫那家伙威利！威利！"

"洋装、颈饰是那个男的买的吗？"

"似乎是，不过西洋人嘛，也有可能是向朋友借来的，应付一时之需。大概娜奥密撒娇：'人家想穿洋装看看嘛！'最后男的为了博取她的欢心，弄来给她也是可能的。那洋装不像是买现成的，很合身，鞋子也是法国鞋，高跟的那种，全部漆皮，鞋尖上镶嵌着大概是人造钻石的细小宝石，闪闪发亮。昨晚的娜奥密就像童话里的白雪公主哟！"

听滨田一说，我想象着白雪公主的娜奥密样子会是多么美啊，不由得雀跃起来！然而，下一瞬间，又为她的行为不检点感到厌烦，变成可耻、遗憾、可怜，是一种说不出的复杂心情。如果她对熊谷这样，也许还情有可原，然而竟跑到来历不明的西洋人那里，厚着脸皮住下来，还要人家送衣服，这哪里是到昨天为止还有丈夫的女人该做的事呢？那个和自己同居多年叫娜奥密的，是那么肮脏，像卖春妇的女人吗？难道我对那女人的真面目到现在都不清楚，还一直做着愚蠢的美梦吗？唉！诚如滨田所说的，我再怎么想念，也非放弃那个女的不可。我自取其辱，丢尽了身为一个男人的面子。

"滨田，虽然啰唆，但慎重起见，请问现在你说的都是事实吗？不只是熊谷能证明，你也能证明吧？"

滨田看我眼中含泪，同情似的点点头："您这么问，我能了解您的心情，有些话确实难以开口，不过，事实上昨夜我也在场，我想熊谷说的应该是事实。此外，还有一些事要是说出来，您会认同的。不过，请不要打破砂锅问到底，请相信我，我保证不会是为了好玩而夸张事实。"

"好，谢谢！告诉我这些已经够了，没必要再问下去……"

不知怎的，在这种情况下我的话哽在喉咙，突然大颗大颗的眼泪噼啪掉下来，我心想："惨了！"突然紧紧抱住滨田，脸伏在他肩上，哇哇地放声大哭起来。

"滨田！滨田！我……我……已经完全放弃了那个女人！"

"这是对的！您说的是理所当然的！"滨田或许被我感染，声音也变得嘶哑。

"我感觉今天有如是来向您说明事实，也想告诉你不要对娜奥密抱任何希望。她这个人说不定什么时候又一副若无其事的样子出现在您面前。我刚才说的都是事实，现在没有一个人和她正儿八经地打交道。用熊谷的话说，大家不过拿她当玩物，还取了实在说不出口的绰号。您到目前为止，在不知不觉间不知受到多大的耻辱。"

曾经和我一样熟悉娜奥密的滨田，以及和我一样被她背叛的滨田——这少年从充满悲愤的心底发出的为了我好的每一句话，都像一把利刃剜却我腐烂的肉体。大家把她当玩物，取了让人说不出口的绰号——这些直截了当、惊心动魄的话语反而让我心情舒爽，有如疟疾被治愈，一时肩头变轻，连眼泪也停止了。

秘密

　　"河合先生，不要老是把自己关在家里，要不要出去散散心？"在滨田的打气下，我说："那就等我一下！"这两天我连口都没漱，胡子也没刮，于是我刮胡子、洗脸，转换成轻松的心情，和滨田一起到户外时已是两点半左右。

　　"这时候，反而应该到郊外散步！"滨田说。

　　我也赞成："那么，往这边走吧！"

　　往池上的方向走，我突然感到厌烦，停住脚步。"这方向不好，很忌讳！"

　　"嗯？怎么回事？"

　　"刚才说的，曙楼就在那方向呀！"

　　"哦，这样不行！那么怎么办？从这里一直走到海岸，往川崎的方向看看吗？"

　　"好啊，那样的话是最保险的。"

　　滨田于是转身朝相反方向——停车场的方向走。想想那方向也不是十分保险。要是娜奥密还去曙楼，现在也不能保证不会带熊谷出来，不一定不会在毛唐和京滨间往返，总之，省线电车停的地方是禁忌。

"今天真是太麻烦你了！"我若无其事地说，走在前头，转过巷子，越过田圃路的铁道口。

"那样的事不用放在心上，我心想反正哪天一定会发生这样的事吧！"

"在你看来，我是不是很滑稽呢？"

"可是，我也有一段时间很滑稽，没资格笑你。只是我自己冷静下来以后，觉得你非常可怜。"

"你年轻无所谓呀！像我已经三十二岁了，遇到这样的糊涂事，实在不像话。而且，要是你不说，我不知会继续到什么时候……"

走出田圃，晚秋的天空仿佛在安慰我似的，天高气爽，凉风阵阵，吹得我哭得发胀的眼睛阵阵刺痛。遥远的线路上，那令人忌讳的省线电车在稻田之中奔驰。

"滨田！你吃过午饭了吗？"默默走了一阵子之后，我问。

"其实还没，你呢？"

"我从前天开始，喝了酒但几乎没吃饭，现在肚子饿得厉害。"

"那是当然的，不要勉强，弄坏身体不值得！"

"没问题的，托你的福我觉悟了，不会再做傻事。我从明天起会变成另一个人，准备到公司上班。"

"那样能舒展心情哟。我失恋的时候，想要忘掉，也拼命玩音乐。"

"能够玩音乐，在那时候是很好的事吧！我没有那样的才艺，除了努力做公司的事之外，没有其他方法。反正肚子饿了，我们到那边吃饭吧！"

两人这般闲聊，慢慢逛到六乡，之后不久，进入川崎街上的某家牛肉店，围着咕噜咕噜煮着的锅，又像在"松浅"时那样开始喝起酒来。

"你，你来一杯怎么样？"

"现在就喝，空肚子会受不了！"

"没关系吧！为今晚我祛除灾难，举杯祝贺吧！我从明天起停止喝酒，所以今晚要大醉一场！"

"这样子啊！那就祝你健康！"

滨田的脸通红，满是青春痘的脸，有如火锅里的牛肉那样闪闪发亮，我已醉得厉害，分不清是悲伤或高兴。

"滨田，我有一些事想问你。"我估摸着是好时机，更靠近他。

"你说娜奥密被取了很过分的绰号，究竟是什么绰号呢？"

"不！这不能说，的确有，但是太过分了！"

"过分，也没关系。那个女的跟我已经是陌生人了，所以不需要顾虑不是吗？请告诉我叫什么呢？我要是知道的话，心情反而舒坦些。"

"您或许如此，我终究开不得口，所以请您原谅。总之是很过分的绰号，想象一下也就知道了。取这绰号的由来，我可以告诉您！"

"好吧！那就请告诉我由来。"

"可是河合先生……还是很为难呀！"滨田搔搔头。

"那实在很过分呀！您要是听了再怎么说一定会心情不好的呀！"

"没关系，没关系，你就说吧！我现在纯粹是出自好奇心，想知道那个女人的秘密。"

"那就说一点秘密吧！这个夏天您来镰仓时，您认为娜奥密有几个男人呢？"

"据我所知，只有你和熊谷，难道还有其他的吗？"

"河合先生，您可不要吓一跳呀！关和中村也都是哟！"

我虽然醉了，但还是觉得身体有如触电。接着不由得咕噜咕噜灌了五六杯之后，才开口问："那么那时候的那一票人，没有一个漏掉？"

"是的，还有您想是在哪里见面的呢？"

"是大久保的别墅？"

"您租借的盆栽店的厢房呀！"

"哦……"我说话的时候有如快要窒息，心情跌入谷底，"哦，这实在太意外了！"终于声音开始像呻吟。

"所以那时候最为难的大概是盆栽店的老板娘吧！因为碍着熊谷的面子，也不能请他滚出去，可是自己的家变成魔窟，各色各样的男人频频出入，对左邻右舍而言也很不光彩。还有，万一被您知道了事情就大了，所以，我想她也是提心吊胆的吧！"

"难怪有一次我问娜奥密的事，老板娘很为难，吞吞吐吐的，原来有这样的原委啊。娜奥密把大森的家当成幽会场所，把盆栽店的厢房变成魔窟，这些我都不知道，哎呀！吃了好多苦头！"

"河合先生，说到大森，我应该道歉！"

"啊哈哈哈，没关系，一切都是过去了，没问题的。不过，想到娜奥密的巧妙欺骗，倒有一种痛快的感觉。她的手段那么高超，我佩服得五体投地。"

"宛如相扑的技巧什么的，被对方背起来狠狠地摔出去。"

"同感同感，如你所说的。这是怎么样呢？那一票人都被娜奥密耍了，彼此都不知道吗？"

"不，知道的，不知怎么搞的，有一次两人撞在一起了！"

"没吵架吗？"

"那些家伙默默地结成同盟，把娜奥密当成共有的东西。从那之后给娜奥密取了很过分的绰号，背后大家都叫她的绰号。您不知道反而觉得幸福，而我深深感到同情，心想怎么样才能把娜奥密救出来，只要一提出大家就大怒，反而把我数落一顿，我也就只能束手无策了。"

滨田或许是想起那时的事，语调感伤。

"河合先生，我那时候在'松浅'见到您时，我从未向您说过这样的事吧。"

"那时你是说，最能随心所欲地操纵娜奥密的是熊谷。"

"是的，我那时是这么说的。那并不是谎言，娜奥密和熊谷在粗野处个性很合，所以感情最好。因此，大家都奉熊谷为头头，认为坏事都是他教的，我才那么说。还有更过分的，我没跟您说的。那时我还祈求您不要舍弃娜奥密，引导她向善。"

"引导不了的，我反而被拉下去。"

"任何男人见到娜奥密时，都是这样的。"

"我也觉得她确实有那种魔力，所以不靠近她，要是靠近，自己会有危险的。"

娜奥密……娜奥密……我们彼此之间不知重复说了几次这名字。两个人将这名字当下酒菜喝下。那顺畅的发音有如比牛肉更甜美的食物，用舌头品尝，以唾液舔舐，然后再送到嘴里。

"彼此彼此，被那样的女人欺骗一次也行……"我无限感慨似的说。

"那倒是！我也是因为她的关系才尝到初恋的滋味。尽管很短暂，但毕竟也做了一个美梦，想到这不得不感谢哟！"

"可是，她以后会是什么样的结局？"

"往后大概只有堕落下去吧！依熊谷的看法，马可尼尔那里不可能住很久，两三天之后大概到别的地方吧！我那里也还留有娜奥密的东西，说是或许会来。究竟娜奥密有没有自己的家呢？"

"老家是浅草的名酒制造商呀！我觉得他们可怜，至今都没有跟谁提起。"

"是吗？出身这东西是无法争论的哪！"

"依娜奥密说，本来是'旗本'[1]的武士，自己出生时住在下二番町的豪邸。'奈绪美'这个名字是祖母取的，祖母在鹿鸣馆时代是跳舞的时髦人士，是不是真的，就不清楚了。总之，家里很穷，我现在想想也还觉得可怜。"

"这么听来，更觉得可怕啊，娜奥密身上流着与生俱来的淫荡血液，有那样的命运，总之，要您收留。"

我们两个人在那里聊了三个小时，走出户外已过夜晚七点，然而话题一直聊不尽。

"滨田，你是搭省线回去吗？"走在川崎街上，我问。

"接下来走路太累。"

"那当然！我搭京滨电车，那家伙在横滨，省线的话感觉似乎有点危险。"

"那我也搭京滨。可是，娜奥密小姐到处跑，总有一天会在哪里不小心碰到呀！"

"那样子，户外也不能随便走了。"

"她一定常去跳舞，银座附近是最危险的区域。"

"就连大森也不一定安全，有横滨、有花月园、有曙楼，说不定我还要搬家租房子住呢。至少，在事态平静下来之前，我不想见到那家伙。"

我让滨田陪我搭京滨电车，一直到大森才和他分开。

---

[1] 旗本：Hata Moto，江户时代幕府将军的直属武士。

失去父母的悲伤

在我被孤独与失恋所苦之际，又发生一件悲伤事件。不是别的，是我在故乡的母亲因脑出血突然逝世了。

我接到危笃电报是和滨田见面的第三天早上，在公司接到的。我马上赶到上野，傍晚就到达乡下的家。那时母亲已失去意识，见了我似乎也不认得，两三个小时之后就断了气。

幼年丧父，由母亲一手栽培的我，可以说第一次体验到"失去父母的悲伤"。何况母亲与我的感情在世间一般母子之上。我回想过去，自己反抗母亲，或者母亲斥责我，记忆中连一件都没有。虽然与我尊敬她也有关系，不过，大多是母亲非常细心，富有慈爱之心的缘故。世间常有儿子逐渐长大，离开故乡到都市，父母会担心，怀疑孩子的品行，或者因某种原因而变得疏远。然而我的母亲，即使我到东京之后也相信我，理解我的心情，会为我着想。我之下还有两个妹妹，对母亲来说让长子离开家，既寂寞也不安吧！然而母亲从未抱怨过，总是盼望我一帆风顺、事业成功。因此，我远离她时比在她膝下时，更强烈地感受到她的慈爱是多么深厚。尤其是和娜奥密结婚前后，还有之后种种任性行为，每次母亲都有求必应，对于她的温情，我感动得热泪盈眶。

母亲意外地猝死，我陪伴在亡骸之旁，仿佛在做梦。到昨天为止，我还为娜奥密的色香身心狂乱，而今天我跪在佛前焚香，这两个"我"的世界，再怎么想，似乎也连接不起来。昨日的我是真正的我，还是今日的我才是真正的我？生活在悲叹、哀伤、惊讶的泪水中，自我反省时，我仿佛听到这样的声音："你母亲的死亡，并非偶然。母亲是在警惕你，留下训诲。"于是，我更怀念母亲往昔的身影，感到非常对不起她，悔恨的泪水有如决堤，哭得太厉害又不好意思。因此我悄悄登上后山，俯视充满少年时代回忆的森林、道路、稻田景色，在那里又稀里哗啦地大哭一场。

这么大的悲伤使我得到净化，变得晶莹剔透，堆积在心里和身体里的不洁分子也被洗涤干净。如果没有这悲伤，我或许现在还忘不了那淫秽的荡妇，沉浸在失恋的打击中。想到这里，我觉得母亲的死并非没有意义。不！至少，我不能让她的死毫无意义。那时我的想法是："自己已经厌倦都会的空气，虽说想出人头地，然而到东京只有过轻佻浮华的生活，事业无成，发迹无望。像自己这样的乡下人终究还是适合乡下。就此回到故乡，亲近故乡的泥土吧！还能守着母亲的墓，与村民为伍，成为代代祖先的百姓吧！"然而，叔父、妹妹、亲戚们的意见是："这也太突然了，你现在怀忧丧志也是正常的，不过，男人不会为了母亲的死而葬送光明的未来。无论是谁，与父母死别都会有一时的消沉，不过，过些日子就会淡忘悲伤。所以，你如果真的想回乡下的话，慢慢考虑之后再做决定才好。而且，突然辞职对公司也不好吧！"我想说："其实不只是这样，还没跟大家说，我老婆跑掉了……"话到了嘴边，但是在大家面前感到丢脸，而且在最是混乱的时刻，结果没说出来（对娜奥密没到乡下露脸，我推说是生病）。初七法会结束，之后的相关事宜拜托我的财产管理代理人叔父夫妇，总之，听了大家的意见之后，早一步回东京。

到了公司我仍觉得无趣。而且，公司内部对我也没有以前那么好。由于工作勤奋、品行端正被取了"君子"绰号的我，因娜奥密的事丢尽了脸，不受高级干部、同事信任，过分的是甚至有人嘲讽我以这次母亲的去世为借口休假。由于种种事，我愈来愈觉得不安，二七那天留宿一夜，归省时跟叔父透露"近日内说不定会辞职"。叔父回答说："哦！哦！"并没有当一回事。第二天我勉强去上班，在公司期间还好，但是从傍晚开始的夜晚时间对我而言难以挨过。原因在于，我无法下定决心回到乡下，或者留在东京。因此我并未住在公寓，还是一个人住在空荡荡的大森家。

从公司下班后，我还是不想碰到娜奥密，因此尽量避开热闹的场所，搭京滨电车直接回大森。在附近点一道菜或者日本面或乌冬面，形式上的晚餐结束之后就无事可做。我没办法进入寝室盖上棉被马上入睡，往往过了两三个小时眼睛还睁得大大的。说是寝室，就是屋顶里边的房间，那里现在也还放着她的东西，过去五年，无规律、放荡、荒淫的味道渗入墙壁和柱子里。那味道

也就是她皮肤的臭味,懒惰的她脏衣物也不洗整团丢在那里,而
现在就积在通风不良的室内。我感到受不了,后来就睡到画室的
沙发上,也还是难以成眠。

母亲去世三个星期之后,进入那一年的十二月,我终于下定
决心辞职。由于公司的情况,决定做到今年年底。这件事事先没
跟谁商量,完全是自己决定的,家乡那边也还不知道,这之后又
忍了一个月,心情有点平静。心情平静之后,有空时看看书或散
步,即使这样,危险区域也绝不靠近。某晚过于无聊,走到品川
那边时,为了消磨时间想看松之助的电影,进入电影院,碰巧放
映劳依德[1]的喜剧,里面出现美国年轻的女明星,还是会胡思乱
想。那时我心想:"以后不看西洋的影片了!"

十二月中旬,某个星期日早上。我睡在二楼(那时候画室太
冷,我又搬回阁楼),听到楼下有咔嚓咔嚓的声音,似乎有人。
我心想:奇怪哪!外边门应该关得紧紧的……就在我这么思索之
际,马上听到熟悉的脚步声,蹑手蹑脚爬上阶梯,还没等我反应
过来……

"你好……"

爽朗的声音,突然眼前的门被打开了,娜奥密站在我面前。

"你好!"

她又说了一次,怅然若失的表情看着我。

---

[1] 劳依德:Harold Lloyd,美国喜剧明星。

"为什么来？"

我懒得起床，静静地冷淡地问。心里讨厌她还厚着脸皮来。

"我……我来拿行李的呀！"

"行李可以拿走。你是怎么进来的？"

"从大门，我有钥匙。"

"那就把钥匙留下来！"

"好啊！"

我转个身背对着她不哼声。有一阵子，她在我枕边整理包袱巾弄出乒乒乓乓的响声，然后传出"咻"地解开带子的声音。注意一看，她走到房间的角落，而且是我视线所及之处，转身向后正换衣服。我从刚才她进来这里时早就注意到她的服装，那是一件我没见过的铭仙绸的衣服，而且好像天天穿着，衣服脏了，膝盖也露出来，皱巴巴的。她解开带子，脱下脏了的铭仙，露出的长针织汗衫也是脏脏的。然后她拿起刚刚抽出的长汗衫，披在肩上，整个身体抖动，下边穿的针织衫，就像金蝉脱壳一样落在榻榻米上。然后那外面穿的是她喜欢的龟甲形碎纹大岛茧绸衣服，缠上红白的市松格子的宽腰带"咻"地把腰束得紧紧的，我想接下来是腰带。她转向我，在那里蹲下来，换穿袜子。

她的赤脚对我来说是最大的诱惑，我尽可能不往那边看，还是忍不住偷瞄几眼。她当然是故意的，把脚像鳍一样扭动，不时试探似的偷偷注意我的眼神。换好之后，很快把脱下的衣服整理好。

"再见！"她边说着边把包袱巾往门口的方向拉过去。

"喂！钥匙留下呀！"那时我才出声。

"哦，好！好！"她回答，从手提袋里取出钥匙，"那就放在这里哟！不过，我一次拿不完行李，或许还要再来一次。"

"不来也可以，我会寄到你浅草的家。"

"不要寄到浅草，那样不方便。"

"那要寄到哪里呢？"

"哪里啊……我还没决定。"

"这个月内不来拿，我就不管了，往浅草寄送。不能老是摆着你的东西。"

"好！好！我会马上来拿。"

"还有，我先声明，如果一次拿不完就用车子，找人来，你不用自己来拿。"

"哦，那就这样子！"之后，她离开了。

我心想这就放心了。又过了两三天的某天晚上九点左右，我在画室看晚报时，又听到咔嚓的声音，有人把钥匙插进大门的锁里。

"来路不明"的妖艳少女

"谁？"

"是我呀！"

听到声音的同时门开了，黑色、大如熊的物体从户外的黑夜中闯入房间，突然"啪"地脱下黑色东西，露出如狐一样的白色肩膀、手腕，穿着浅水色法国丝绸礼服，一个陌生的年轻西洋妇人。肌肉均匀的脖子上挂着如彩虹般闪闪发光的水晶颈饰，黑天鹅绒的帽子下边甚至看到一种神秘感觉的白色鼻子尖端和下巴，湿润的朱色嘴唇特别显眼。

"晚安！"

那西洋人取下帽子时，我才满心狐疑地思度："咦，这个女人……"然后仔细看她的脸，总算发觉到她就是娜奥密。这么说似乎不可思议，事实上娜奥密的样子常变化。不，如果只有样子再怎么变也不至于看错，而最骗得过我的眼睛的是那张脸。到底施了什么魔法，整个脸，从皮肤的颜色、眼神，到轮廓全变了，如果我没听到那声音，纵使脱下帽子的现在，或许还会以为这个女的是哪里不认识的西洋人。其次，如前面说的，皮肤的颜色过白。从洋服里露出的丰满肉体，都像苹果肉那么白。娜奥密在日本女性中不算黑，不过，也不应该这么白。实际上几乎露到肩膀的两只胳膊，怎么看都不像是日本人的胳膊。曾经在帝国剧院看歌剧时，我迷恋过年轻西洋女明星的白胳膊，而现在这胳膊跟那胳膊相似，不！感觉更白。

这时娜奥密水色柔软的衣服与颈饰摇晃着，装饰有新钻石的漆皮高跟鞋鞋尖走路时发出咔咔咔的声音，我那时想起啊，这就是那一次滨田说的白雪公主的鞋子吧！她一只手放在腰部，手肘张开，得意似的把腰扭转成奇妙的姿态，突然不客气地往哑然的我的鼻尖靠过来。

"让治，我来取行李呀！"

"我不是说你不用自己来，找人来就行了吗？"

"可是，我没有人可以拜托嘛！"

说话之间，娜奥密的身子始终安静不下来。脸上表情严肃，真的很失望的样子，脚牢牢着地站立着，或是单脚向前踏出一步，或用脚踝踩地板发出咔咔声，每次更换手的位置、耸肩，全身肌肉缩得像铅线一样紧紧的，所有部分都启动了运动神经。于是，我的视觉神经也随之紧张起来，她的一举手、一投足，对她身体的每一寸无法不仔细看，注意看她的脸，才发现怪不得她完全变了个样。她把发际的毛剪短到两三寸，让每一根头发尾端整整齐齐，像中国少女那样，在额头垂下如暖帘。把其他的头发绕成一团，圆而平，从头顶部位覆盖到耳朵之上，像"大黑神"[1]的帽子。这种梳发是她从未有过的，脸的轮廓像是换了个人，也是这缘故。此外，再留意一看，眉毛的样子也异于平常。她的眉毛生来粗浓，然而今晚的眉毛细长，画出淡淡的弧线，弧线周围剃得青青的。这些"手工"我马上就看了出来。然而她那魔法的根源，我看不懂的是她的眼睛、嘴唇、皮肤的颜色。眼睛看起来这么像洋人，或许是眉毛的关系，此外应该还有其他的"机关"。大概是眼睑跟睫毛吧！那里一定有什么秘密，虽然心里这么猜想，但究竟什么"机关"全然不知。嘴唇，在上嘴唇的正中央，有如樱花瓣似的，截然划分为二，而且那红色跟一般的口红不同，有一种鲜艳的自然光泽。说到皮肤的白，再怎么仔细看，完全是自然皮肤的样子，毫无施粉的痕迹。而且那白色不只是脸，从肩膀、手腕到手指尖都是这样子，因此，如果要施白粉的话非得全身施粉不可。这不可解的"来路不明"的妖艳少女，我甚至觉得与其说她是娜奥密，不如说是娜奥密的灵魂因某种作用，成为拥有某种理想美的幽灵也说不定。

"喂！可以吧！我到二楼去拿行李？"娜奥密幽灵般地说。可是，听那声音依然是娜奥密，的确不是幽灵。

"嗯，可以……可以……"我明显地慌乱，口气有点兴奋。

"……你怎么打开外边的门的？"

---

[1]大黑神：日本七福神之一，掌财富，即财神。

"怎么打开？当然用钥匙开的呀！"

"钥匙上次不是留在这里吗？"

"钥匙我有好几把呀，并不是只有一把。"

那时，她红色的嘴唇第一次突然浮现微笑，但马上转变成像谄媚、像嘲笑似的眼神。

"我现在才说，打了好多钥匙，所以被拿走一把根本无所谓。"

"可是你要是常常来，我会感到困扰。"

"放心好了。行李全拿走之后，即使叫我来我也不会来。"

她用脚跟转个身，咚咚咚爬上楼梯，往屋顶后边的房间跑。

之后，究竟过了几分钟？我斜躺在画室的沙发上，等她从二楼下来。那究竟是不到五分钟的时间，还是半个小时、一个小时呢？我对这段时间的"长度"实在弄不清楚。我心中有的只是今夜娜奥密的样子，就像某种美妙的音乐之后，恍惚的快感余韵犹存。那音乐像是从非常崇高、非常圣洁的，这世界之外的圣境响起的女高音的歌声。没有情恋也没有恋爱……我心里感受到的是跟这样的东西可能关系最遥远的缥缈的陶醉。我想了好几次，今晚的娜奥密跟那污秽的淫妇娜奥密、被多数男人取过分绰号与卖春妇相等的娜奥密是完全无法相提并论的，而像我这样的男人只能跪倒在她脚底下顶礼膜拜。如果她那纯白的指尖稍微碰触我一下，我不只是喜悦到可能会发抖。这种心情要如何比喻读者才能了解呢？——有如乡下的父亲来到东京，某天偶然在街上碰到自幼离家出走的女儿。女儿变成高贵的都会妇人，看到脏兮兮的乡下百姓，并未察觉到是自己的父亲，而父亲尽管看到了，现在由于身份差异也不敢靠近，这是自己的女儿吗？惊讶、羞愧之余他悄悄溜走了——那时的父亲似寂寞，也像感恩的心情。否则就像被未婚妻抛弃的男人，五年、十年过后某一天站在横滨的码头，那时有一艘商船抵达，回国人群陆续走下来。不意在人群之中看到她。她可能是出国后回国，虽然这么想，男的已经没有接近她的勇气。自己跟以前一样是一介穷书生，女的已毫无少女时代粗俗的样子，是已习惯巴黎、纽约生活的奢侈的时髦妇人，两人之间已经差之千里。那时的书生，被抛弃的自己轻视，至少对她的意外的发迹感到高兴。这么说来，似乎还是没有完全说尽，不过，勉强比喻大概是这一回事吧！总之，以往的娜奥密是过去的污点渗入，附着在她肉体上怎么擦拭也擦拭不掉。然而，今夜的娜奥密，那些污点已被像天使般的纯白肌肤消除，甚至觉得想起污点都会恶心，哪怕碰一碰她的手指头都感到是对她的亵渎。——这是梦吗？如果不是，娜奥密如何从那里学到这样的魔法、妖术而来呢？两三天前她还穿着那有点脏的铭仙绸的衣服……

咚！咚！咚！是娜奥密从楼梯下来的强劲脚步声，那穿着新钻石的鞋子的脚指尖在我眼前停下来。

"让治，两三天内我会再来哟！"尽管站在我眼前，脸与脸保持约三十厘米距离，像风一样轻轻的，衣摆连碰都不会碰到我，"今晚只来拿两三本书。我不可能背大大的行李哟！何况是这种打扮。"

　　我的鼻子那时闻到曾经闻过的某种气味。啊，这气味，是让人会想起海的彼方的国家，或世上奇妙的异国花园的气味。这是什么时候，是跳舞教授修列姆斯卡亚伯爵夫人，就是从那个人身上发出的气味。娜奥密喷的是跟那位夫人一样的香水。

　　娜奥密不管说什么，我都只是"嗯！嗯！"点头而已。尽管她的影子再次消失于夜晚的黑暗之中，房子里飘荡着逐渐淡薄的气味，我锐利的嗅觉仍如追逐空幻般追逐着。

朋友的接吻

读者们，从之前的描述里，对我与娜奥密不久后会破镜重圆之事，那并非不可思议、什么都不是，而是顺理成章之事，你们已经预料到了吧！而事实上，结果如大家预料的那样。然而，到这样为止意外地费事，我也尝到各种苦头，无谓的辛苦。

我和娜奥密在那之后马上就很热络地交谈。怎么说呢？因为第二晚、第三晚，那之后娜奥密一直每晚都来拿一些东西。来了一定上二楼，拿着包包下来，那是以丝绸的帛纱包得住的小东西。

"今晚来拿什么东西呢？"我问。

"这个？这是些小东西，没什么。"她回答得模糊。

"我口渴，可以给我一杯茶吗？"她边说边走到我旁边坐下，聊了二三十分之后离开。

"你是住在这附近吗？"我某晚和她同桌对面而坐，喝红茶时这么问。

"为什么想问这个？"

"问问也没什么，不是吗？"

"可是，为什么呢？问了想做什么？"

"没有要做什么，出自好奇心问问看。嗯……住哪里呢？跟我说有什么关系？"

"不，我不说。"

"为什么不说？"

"我没什么让让治满足好奇心的义务呀！那么想知道就跟踪我好了，当秘密侦探是让治先生拿手的。"

"我不想做那样的事，只觉得你住的地方应该是附近某处。"

"怎么说？"

"每晚不是来拿行李吗？"

"每晚来也不一定就在附近呀，有电车也有车子呀！"

"那是特别从远地方来的？"

"怎么……"她说，岔开话题，"你是说每晚来不好？"她巧妙地转变话题。

"不是不好，我说过不要来，你也不理会还硬要来，现在说什么也没意义。"

"是嘛！是我心地不好，说不要来还是来。或者是，我来这儿你感到害怕？"

"是的，多少有点害怕。"

她向后仰，露出纯白的下颌，红红的嘴张得大大的，突然咯咯笑起来。

"放心好了，我不会做什么坏事呀，更重要的是，从前的事我都忘了，今后希望以朋友身份和让治先生交往。怎么样，可以吧？那样的话就不会有问题吧？"

"这也总觉得怪怪的！"

"什么怪怪的？以前是夫妇的人，变成朋友为什么奇怪？那是旧式的、落伍的想法，不是吗？说真的，我不会老是想以前的事。即使现在，如果我想引诱让治，就在这儿轻而易举马上可以做到，不过，我发誓绝不会做那样的事。好不容易让治下了决心，又产生动摇也于心不忍。"

"那么是于心不忍而同情，才说想当朋友？"

"也不是这意思啦！让治不要让人家同情，好好做就行了不是吗？"

"可是这也奇怪呀！现在是想好好做，要是和你交往说不定又渐渐动摇了呀！"

"笨蛋啦，让治。那是不想当朋友？"

"是，我不喜欢哟！"

"不喜欢的话，我就引诱你。践踏让治的决心，让你着魔发狂！"娜奥密这么说，分不清是开玩笑或认真的，奇妙的眼神，哧哧地笑。

"以朋友单纯交往，或被引诱又遭到打击，哪样较好？我今晚胁迫让治哟！"

我那时心想，这个女的，究竟打什么主意说要跟我当朋友呢？她每晚来访，应该不只是来讽刺我，一定还有什么企图。是否先当朋友，之后再逐渐拉拢，莫不是自己不承认错误就想再成为夫妇？如果她的真意是这样子的话，即使不玩那么麻烦的策略，我也会毫无理由地同意吧！为什么呢？因为不知何时，我心中已炽烈燃烧着如果能跟她结为夫妇绝不说不的情绪。

"娜奥密只是普通朋友，没什么意义不是吗？不如恢复原本的夫妇关系怎么样？"

依时间、场合，由自己提出来。不过，从今晚娜奥密的样子看来，我真心诚意地告白、拜托，似乎不会轻言"好"。

"那样的事就免了吧！除非普通朋友，否则不要！"

一旦看穿我的底细，她会更得意忘形地嘲弄我也说不定。我一片好意受到这样的对待觉得很无趣，而且，娜奥密的真意不是结为夫妇，她想让自己是百分之百的自由身，可以玩弄各种男人，把我也算入玩弄的对象之一，既然有这样的阴谋，更不能随便说。事实她连住址都不愿意说，让人觉得她现在一定有男人，如果这样拖拖拉拉当妻子的话，我一定又会碰到麻烦。

因此刹那间我思索之后，说："那么当朋友也可以哟！因为受不了被胁迫。"

我也咔咔地笑。这么说是因为我心里有所打算。先当朋友交往慢慢地会了解她的真意吧！而且，如果她还有一点真意的话，那时再说出自己的想法，就有说服她当夫妇的机会，能在比现在更有利的条件下娶她为妻吧！

"那可以同意了吧？"娜奥密这么说，逗笑似的瞄我的脸，"不过让治，真的只是普通朋友哟！"

"那当然！"

"下流事什么的，彼此都不能想哟！"

"了解。不这样做我也麻烦。"

"嗯！"娜奥密如往常以鼻尖笑。

有这样的事之后，她出入得更频繁。有一日傍晚，我从公司回来，"让治！"她突然像燕子一样跑过来，"今晚请我吃晚饭？朋友的话也可以做这样的事吧！"

我请她吃西餐，饱餐一顿之后回去。因为是下雨的夜晚，回来得慢，咚！咚！咚！她敲寝室的门："晚安，已经就寝了？要是睡了就不要起来，我今晚想在这里过夜。"

她自行进入隔壁的房间，铺好床就睡了，也有过曾经早上起来一看，她在那里正睡得香甜呢。她的口头禅是："谁叫咱们是朋友呢！"

我那时深刻地感受到她是天赋异禀的淫妇，那是哪一点呢？她本来就是多情种，尽管让多数男人看身体也不当一回事，可是，平常又了解身体的秘密，即使是些许部分也绝不无意义地让男人的眼睛接触到。谁都可以给的身体，平常却遮掩得紧。在我看来，确实是淫妇本能地保护自己的心理。为什么呢？因为淫妇的身体对她而言是最重要的"货物""商品"，因此，依情况非比贞女更严格保护身体不可，不如此，"货物"的价值会逐渐下滑。娜奥密深谙此间的微妙关系，在曾经是她丈夫的我面前，更是把身体包得密不透风。可是，她是时时处处绝对严谨慎密吗？似乎又不是那样，我在的时候娜奥密故意换衣服，更换衣服的间隙让贴身汗衫咻地滑落下来。

"哎呀！"说着，两手遮着裸露的肩逃到隔壁房间，洗过澡后再回来，在镜台前露出肩膀，才恍然大悟似的赶我，说："哎呀，让治不能在那里，到那边去吧！"

娜奥密像这样子不是故意让我看，偶尔露出些许部分，例如颈子四周、手肘、小腿、脚踝，真的只是一点点而已。不过，她的身体比以前更丰润，美得让人忌妒，绝对逃不过我的眼睛。在我的想象世界里，我剥光她全身的衣服，百看不厌地欣赏她的曲线。

"让治，看什么看成那样子呢？"她有时背对着我换衣服时说。

"看你的身材呀！总觉得似乎比以前更圆润呀！"

"讨厌！不该看女人的身体呀！"

"我不看，不过，从衣服上大概也了解。先前臀部就很翘，这阵子翘得更厉害。"

"是呀，臀部变大了呀。不过，腿纤细，没像萝卜腿。"

"嗯！腿从小孩时代起就很直。站着的话，就贴得紧紧的，现在也还是这样子吗？"

"是呀，贴得紧紧的！"她这么说着，用衣服围着身体站起来看看，"看！贴得紧紧的呀！"

那时我脑中浮现的是记得在某照片上看过的罗丹的雕刻。

"让治，你想看我的身体？"

"想看呀，让我看吗？"

"那可不行呀！你跟我不是朋友吗？直到我换好为止，请到那边去！"

接着她有如拍我的背部似的，砰的一声关上门。

像这调调，娜奥密常故意做出挑动我情欲的动作，然后引诱到紧要关头，之后就设定严厉的关卡，不让我越雷池一步。我与娜奥密间隔着玻璃的墙壁，看来无比接近，其实是无论如何都逾越不了的距离。不小心出手一定会碰壁，再怎么急躁也碰不到她的身体。有时娜奥密似乎想撤掉那道墙壁，我心想"哦，可以了吧"，一靠近还是跟原来一样关着。

"让治，你是好孩子，送你一个吻！"

她常半开玩笑地这么说。尽管是在讽刺我，她嘴唇靠过来时，我也伸出嘴唇做出吮吸的样子，但当两张嘴唇即将接触的瞬间，她又立即收回去，在两三寸之外往我口中吹气。

"这是朋友的接吻呀！"她这么说着，咪咪地笑。

这个"朋友的接吻"，奇怪的打招呼方式。男的不能吮吸女的的嘴唇，只能满足于吸入她从嘴里呼出的气，这种奇怪的接吻后来变成习惯，在每次我们分别之际。

"那再见，我还会再来哟！"

她的嘴唇送过来，我的脸往前伸出，有如朝向吸入器似的嘴巴张得大大的。她往那嘴里吹气，我深深地吸入，闭着眼睛，像是甜美似的在心底咽下。她的呼吸带有湿气，暖暖的，不像是从人的肺部发出来的，有花的香甜味。她想迷惑我，听说会偷偷地在嘴唇上涂香水。这种手法那时我当然不知道。我常这么认为：变成像她那样的妖妇，或许连内脏都和普通女性不同，因此透过她体内，含在她口腔内的空气，才会有冶艳的味道也说不定。

　　我的头脑像这样逐渐被搅乱，任由她摆弄。我现在再也不说"我们俩必须正式结婚""我不能被你当作玩物"之类的话。不！老实说，会变成这样应该从一开始就知道，如果真正害怕她的引诱，不交往就行了。说是为了探究她的真意啦，为了找寻有利的机会啦，不过是自己欺骗自己的借口而已。我嘴里说害怕诱惑，如果说真心话，是期待她的诱惑。然而她一直都玩那无聊的朋友游戏，绝不做更大幅度的诱惑。这大概是她既不喜欢又要让我焦躁的计谋吧！焦躁到受不了，等"时机适当"时，她会突然脱下"朋友"的假面，伸出得意的魔手吧！现在她一定会出手，不出手绝不会善罢甘休，而我只要"配合"她的计谋，她说东就东，说西就西，只要依她的要求表演，最后会获得猎物吧！每天仰她鼻息。然而，我的预料似乎不容易实现，心想今天终于脱下面具，明天会伸出魔爪吧！到了那一天千钧一发时，又被她巧妙地溜掉了。

　　这么一来，这次我真的焦躁了，只差没说出："我已经不能等了，要诱惑的话就尽快！"全身露出空隙，暴露出弱点，最后是我谄媚地诱惑她。可是她完全不接受。

　　"让治，怎么了？那不就违反约定了吗？"她用像责备小孩的眼神斥责我。

"约定什么的，无所谓的啦，我已经……"

"不行！不行！我们是朋友呀！"

"喏！娜奥密不要说那样的话……拜托！拜托……"

"啰唆！说不行就不行……吻你一下好了……"她像往常一样"吹口气"。"喏！这样行了吧！不忍耐不行的，这或许已经超越朋友的界限了，是让治才特别有的。"

可是，这"特别"的安抚手段，反而具有异常刺激我神经的力量，根本无法让我平静。

"浑蛋！今天也不行啊！"

我越来越焦躁。她像风一样走掉了，一下子什么事也做不了，我自己气自己，有如被关在笼子里的猛兽在房间里走来走去，对所有的东西发脾气敲敲打打。

我其实为这有如发疯，可称为男性的歇斯底里的发作所恼，她每天都来，也固定每天发作一遍。加上我的歇斯底里与一般的性质不同，即使停止发作，之后也不会感到轻松。一旦情绪稳定下来，反而比发作前更执拗地想起娜奥密肉体的细致部分。更换衣服时从衣摆露出来的脚，吹气时靠过来距离两三厘米的嘴唇，这样的东西比实际看到时更鲜明地浮现眼前，连嘴唇、脚的曲线都在幻想中逐渐扩大，不可思议的是连实际没看到的部分也有如底板显像一样渐渐看清，最后像大理石的维纳斯像，出现在内心黑暗的底部。我的脑中有如被天鹅绒的布幕围起来的舞台，在那

里有一个叫"娜奥密"的女明星登场。从四面八方射向舞台的照
明灯，把在漆黑之中摇摆的她的白色的身体，以强烈的圆形光包
围。我专心注视时，她肌肤上燃烧的亮光更为明亮，有时似乎要
烧到我的眉毛。像电影"特写"，部分扩大到非常鲜明……那幻影
与实感威胁我的官能程度，跟真实的东西没有两样，唯一的不足
是无法用手触摸，其他感受甚至比真实的东西更鲜活。注视过久，
我最后会觉得晕眩，体内的血液同时往脸部冲上来，自然变成强
烈的悸动。于是歇斯底里再次发作，踢翻椅子，扯破窗帘，打破
花瓶。

　　我的妄想日益狂乱，甚至一闭上眼睛，娜奥密就在黑暗的眼
睛后面。我常想起她芳香的气息，向虚空张开嘴，"哈"地吸那边
的空气。走在马路上时、蛰居在房间时，我恋想她的嘴唇，我突
然朝天仰望，"哈"地吸气。我眼睛看到的尽是娜奥密的红色嘴唇，
觉得那里的空气都是娜奥密的"呼吸"。亦即充满天地之间，有如
包围着我，让我痛苦，听我的呻吟，望着我笑的恶魔那样的东西。

　　"让治这阵子怪怪的，是怎么了？"娜奥密某晚来，这么问。

　　"嗯，不知为什么，这么被你困扰着……"

　　"哼……"

　　"哼什么？"

　　"我准备严格遵守约定哟！"

　　"准备维持到什么时候？"

　　"永远。"

"开玩笑！这样的话我不就发疯了？"

"我告诉你好方法，用水龙头的水从头部淋下去就行了。"

"喂！你真的是……"

"又开始了！让治那种眼神，让我更想捉弄。不要靠这么近，离得远一点，连一根手指头都不要碰到！"

"没办法，朋友的接吻可以吧！"

"乖乖的话就给你，可是之后不会发疯吗？"

"发疯也没关系。那样的事管不了那么多了！"

什么都听你的

　　那晚娜奥密让我坐在桌子的对面，"连一根手指都不让我碰"，有趣似的注视我的脸，到夜深闲聊，十二点钟响。

　　"让治，今晚让我住这里哟！"她又以嘲弄的语调说。

　　"住下来，明天是星期日，我整天在家。"

　　"可是，不能因为住下来就什么都听让治的要求哦！"

　　"不！不用担心，因为你也不是说什么都听的女人。"

　　"这样不是很好吗？"她说着，窃笑，"你先去休息，可不要说梦话！"

　　她把我赶到二楼，进入隔壁的房间，咔嗒一声上了锁。

　　我因为在意隔壁房间而不容易入睡。以前还是夫妇时没有这么无聊的事，我这样躺着，她在旁边。这么想着，我感到无限地懊恼。隔着一道墙的对面，娜奥密或许是故意的，频频弄出声响，在地板上弄出噼啪的响声，铺棉被，拿出枕头准备就寝。啊，现在正解开头发，脱下衣服换上睡衣吧！那些样子我了解得一清二楚，然后"啪"地放下寝具的样子，接着听到她的身体倒向棉被的声音。

"声音好大啊！"我半是自言自语，半是让她听到似的说。

"还没睡啊？睡不着吗？"在墙壁的对面，娜奥密马上响应了。

"老是睡不着，我会想好多事。"

"嗯，让治想的事，不用问也知道。"

"可是，实在很奇怪呀！你现在明明睡在墙壁的另一边，却什么事也不能做。"

"一点也不奇怪呀！以前就是这样呀！我刚到让治这里的时候。那时就像今夜这样睡着不是吗？"

娜奥密这么一说，我不由得一阵激动。啊，是啊！以前也有过这样的时代，那时彼此都单纯，我感觉似乎掉了几滴眼泪，然而这丝毫也不能平息现在的我的爱欲。反而只让我痛切感到两人因为多么深的因缘结合在一起，终究离不开她。

"那时候你天真无邪啊！"

"现在我也很天真啊，心里有鬼的是让治啊！"

"喜欢怎么说就怎么说，我准备追你到底。"

"嗯嗯嗯！"

"喂！"我说着，敲了一下墙壁。

"哎呀！做什么呢？这里不是旷野中的孤房哟！拜托小声一点！"

"这道墙壁讨厌，我想把这道墙打坏掉！"

"好吵！今夜老鼠很不平静！"

"当然不平静！这只老鼠已经歇斯底里了。"

"我讨厌那样的老公公的老鼠！"

"浑蛋！我不是老公公，我才三十二而已！"

"我十九，从十九来看，三十二的人就是老公公呀！我不会说坏话，外头讨个老婆好了，这样说不定歇斯底里就痊愈了。"

娜奥密不管我怎么说，最后就只嘻嘻地笑。

不久后说："我要睡了哟！"然后故意发出打鼾声，不过没多久似乎真的睡着了。

第二天早晨醒过来一看，娜奥密穿着睡衣、衣衫不整地坐在我枕边。

"怎么样？让治，昨夜很惨吧！"

"嗯！这阵子，有时我会变得歇斯底里，害怕吗？"

"有趣呀！再那样子给我看！"

"已经好了，今早已经完全好了——啊，今天是个好天气！"

"好天气就起床吧？已经超过十点了。我一小时之前就起床了，今早还去洗了澡回来。"

她这么说，我躺着仰望她洗澡后的样子。女人洗过澡的样子，那真是美极了，比起刚洗时，过十五分钟、二十分钟，经过一段时间之后最好。泡在水里皮肤再怎么漂亮的女性，有一段时间肌肤会泡过久，指尖会红肿，但是很快身体冷却到适当温度，会像蜡凝固一样透明。现在洗好澡回来被户外的风吹拂，是洗过澡之后最美的瞬间。那脆弱的、薄薄的皮肤，即使还含着水蒸气也是纯白色的，隐藏在衣襟的胸部有水彩画颜料的紫色阴影。脸焕发光泽，是有如贴了面膜般的光泽，只有眉毛部分还湿湿的，还有晴朗的冬天天空，透过窗户映照出淡淡的蓝。

"怎么了？一大早就去洗澡？"

"什么怎么了？多管闲事。啊！好舒服！"她用手掌轻轻打鼻子的两边，然后突然脸往我的脸前送过来，"等等！帮我看看，我长了胡子？"

"啊，是长了胡子。"

"我应该顺便到理发店刮脸再回来。"

"你不是讨厌剃吧？听说西洋的女人绝不刮脸的。"

"不过这阵子，听说美国已流行刮脸。看看我的眉毛，美国的女人都像这样子，大家都剃眉毛。"

"是呀，现在才察觉，真是太落伍了！"娜奥密这么说，想着别的事情的样子，"让治的歇斯底里真的治好了？"她突然问起这件事。

"嗯，好了呀。怎么了？"

"要是好了，有事想拜托让治。现在去理发店太累了，能帮我刮脸吗？"

"这么说，是想让我的歇斯底里再发作吗？"

"哎呀！不是啦！真的是诚心拜托啦，帮我服务一下可以吧？当然要是歇斯底里发作受了伤就不得了了。"

"我借你安全剃刀，自己刮怎么样？"

"不行啦！脸还可以，可是从脖子四周一直到肩膀后边都要刮呀！"

"咦？为什么连那里都要刮呢？"

"本来就这样，要是穿晚礼服，连肩膀都露出来吧。"接着她故意露出一点点肩膀让我看，"看，要刮这里呀，所以自己没办法刮。"

说着，她又赶紧把肩膀藏入衣服里边，虽然每次都是这样的"伎俩"，对我来说依然是难以抵抗的诱惑。娜奥密这家伙，什么刮脸啊全是她的花招，甚至洗澡也是为了玩弄我的一个手段。我虽然明白，但要我帮她刮脸，这是以往没有的一个新的挑战。今天可以靠近，仔细端详她的皮肤，当然也可以碰触看看。光是这么想，我就没有勇气拒绝她的要求。

我帮她用煤气炉烧热水，用洗脸盆取水，换刀片，做各种准备的时候，她把桌子搬到窗边，上面放一面小镜子，盘腿而坐，臀部落在两脚之间，接着用白色大毛巾围在衣领周围。我绕到她后边，用小刷子涂上泡沫，终于要刮的那一瞬间，她说："让治，帮我刮可以，不过有一个条件的。"

"条件？"

"是的。不是什么困难事。"

"什么事？"

"你别借着刮脸的机会，手指到处乱摸乱捏。我不乐意，所以你刮的时候一定不要碰到我的皮肤才可以。"

"可是，你……"

"'可是'什么？不碰到也能刮不是吗？泡沫用刷子涂就行了，用吉列剃刀……理发店高明的理发师也不会碰到肌肤呀！"

"拿我跟理发店的理发师比，真受不了！"

"不要说大话，其实你很想帮我刮！如果不喜欢的话，我也不勉强拜托啦！"

"不是不喜欢。不要说东说西的，就让我刮吧！好不容易都准备好了！"我注视着娜奥密衣领后的长长发髻，除了这么说别无他法。

"那就依条件去做？"

"好啊！"

"绝对不可以触碰呀！"

"嗯！不会触碰！"

"要是稍微碰到，马上就要停止哟！请把左手放在膝上。"我依她说的做。只使用右手，剃她的嘴边。

她陶醉似的享受剃刀刀刃"爱抚"的快感，眼睛瞪着镜面，乖乖地让我刮。我耳中听着她快睡着的呼吸声，眼睛看得到她下颔下边律动的颈动脉。我接近她的脸近到几乎被她的睫毛刺到。窗外干爽的空气中，晨光照射，明亮到连每一个细毛孔都数得出来。我从未在这么明亮的地方，可以这么精细地一直凝视自己所爱的女人。这么看，她的美具有巨人般的伟大，有实体逼迫过来。那可怕的细长眼睛，像杰出建筑物的挺直鼻子，从鼻子连接到嘴巴的两条线，那线下边有丰满艳丽的红色嘴唇。啊，这就是"娜奥密的脸"——一个灵妙的物质吗？这物质成为我烦恼的种子？这么一想确实感到不可思议。我不由得拿起刷子，往那物质的表面，弄出许多肥皂泡沫。任由刷子来回刷，它只是静静地，不反抗，只以柔软的弹力微动而已。

我手中的剃刀，有如银色的虫在她平滑的肌肤上爬行，从颈子向肩膀移动。我看见她牛奶般雪白的后背宽阔而丰满。她倒是常看自己的脸，但她知道自己背部是这么美吗？她自己恐怕不知道吧！知道得最清楚的是我。我曾经每日往这背部淋热水。那时就像现在一样搅起泡沫。这是我恋爱的痕迹。我的手、我的手指，在这凄艳的雪上嬉戏，在这里自由、快乐地踩着。或许现在哪里还留有痕迹。

"让治，你的手在颤抖呢，拿稳一点，拜托！"娜奥密突然说。我的头中轰然作响，口中干渴，自己也知道身体在奇怪地颤抖。我感到"发疯了！"，拼命要忍住时，突然脸变热、变冷。

可是，娜奥密的恶作剧不只如此。肩膀剃好之后，她卷起袖子，手肘举得高高的，说："接下来是腋下！"

"咦，腋下？"

"是呀，穿洋装时腋毛要剃掉呀！这里被看到是失礼的不是吗？"

"坏心肠！"

"怎么是坏心肠，奇怪的人呢。我怕热水冷了，快点！"

　　那一刹那，我遽然丢下剃刀，往她的手肘靠过去。说靠过去不如说是咬住。于是，娜奥密有如预料到似的，马上用手肘把我顶回去，我的手指似乎要碰到某处，由于泡沫滑开了。她再一次使力把我向墙壁方向推开。

　　"你要做什么啊！"她尖叫。我一看，她的脸，可能因为我的脸苍白吧！她的脸也不是开玩笑的苍白。

　　"娜奥密，娜奥密，不要再讽刺我了！好，什么都听你的！"

　　我自己都不知道说了什么，而是发高烧一样嘴里急切地唠叨着。娜奥密默默地、目不转睛，站得直直的，十分惊讶地瞪着我。

　　我跪到她脚下，说："喂，怎么不说话，说说话呀！讨厌的话就把我杀了吧！"

　　"发疯了！"

　　"发疯了不好吗？"

　　"谁会喜欢疯子呢？"

　　"那把我当马吧！像以往那样骑在我背上，实在不喜欢的话，只要做这个就行了！"

　　我说，然后在那里趴下来。

　　一瞬间，她似乎以为我真的发疯了。她的脸那时苍白到都变黑了，瞪着我的眼睛中，有接近恐怖的东西。但是，忽然，她猛然露出大胆的表情，"咚"地跨上我的背部。

　　"好，这样行了吧？"她的语气像男人。

　　"嗯！这样可以。"

"往后什么都听我的？"

"嗯！都听你的。"

"只要我要，无论多少钱都会拿出来？"

"是的。"

"让我做我喜欢的事，还是——干涉呢？"

"不干涉了！"

"不要叫我'娜奥密'，要叫'娜奥密小姐'！"

"好！好！"

"一定哦！"

"一定！"

"好，不把你当马看待，当人看待，因为你太可怜了！"

这时候，我和娜奥密两人早已弄得全身都是泡沫。

"……这样，我们总算能成为夫妇了，以后我不会让你跑掉的！"我说。

"我跑了你有那么大的困扰吗？"

"是呀！有一段时间还以为你不回来了。"

"怎么样？知道我的厉害了吧！"

"知道了，知道得太多了！"

"喂，刚才说的不要忘记了！随我高兴做什么就做什么——虽说是夫妇，但我不喜欢呆板的夫妇。要不然，我会再逃走哟！"

"往后以'娜奥密小姐''让治先生'的方式称呼。"

"有时会让我去跳舞？"

"嗯！"

"可以交各色各样的朋友？不像以前那样啰唆？"

"嗯！"

"我跟麻已经绝交了呀！"

"嗯？跟熊谷绝交了？"

"是的，绝交了，我不想有那么讨厌的家伙。以后我希望尽可能和西洋人交往，他们比日本人有趣。"

"横滨的马可尼尔呢？"

"洋人的朋友，有一大堆呀！说到马可尼尔并没有奇怪的关系哟！"

"哼！谁知道？！"

"不能老是怀疑人，我如果这么说，就请你相信。你到底相信，还是不相信呢？"

"相信！"

"还有别的要求哟！让治辞掉工作后有什么打算？"

"要是被你抛弃，我想搬回乡下，现在既然这样，我就不搬了。处理乡下的财产之后，换成现金带过来。"

"换成现金有多少？"

"可以带来的，有二三十万吧！"

"只有那一点点？"

"有这些的话，你和我二人足够了，不是吗？"

"我们可以过奢侈的生活？"

"那可不行。你可以不做事，我想开什么事务所，单独工作。"

"不要把钱全部投入到工作上，让我过奢侈生活的钱要另外放。可以吗？"

"好啊！"

"那就拿一半另外放。如果有三十万日元的话是十五万日元，二十万日元的话是十万日元。"

"你的心思很缜密呢！"

"那当然啦！刚开始就得说好条件，怎么样？答应了？那么想要我当你太太，不能给我这些吗？"

"不是不行。"

"如果不行就说，现在说还来得及。"

"没问题，我答应了。"

"其他还有呀，既然这样，不能住在这样的家，搬到更豪华、更时髦的住宅吧！"

"那当然！"

"我想住在西洋人的街道、西洋人的房子，有漂亮的寝室和餐厅，有厨师、服务生可以使唤。"

"那样的房子，东京有吗？"

"东京没有，不过横滨有，横滨的山手那片刚好有一家空着，我上一次去看过了。"

我现在才知道她有很深的计谋。娜奥密从一开始就有这样的打算，拟订计划钓我。

我变得安静了

接下来我说的是三四年后的事。

我们之后就搬到横滨，租借了娜奥密早就看中的山手的洋房，然而，随着奢侈生活的习惯，不久也觉得那个家太小了，很快就搬到本牧，之前是瑞士人住过的家，我们把所有的家具都买了下来。由于大地震，山手全部被烧光，本牧幸运得多，我的家也只有墙壁龟裂而已，谈不上什么大损失，或许会带来某种幸福也说不定。因此，我们现在也一直住在这个家。

我后来按计划辞掉了大井町的工作，处理了乡下的财产，跟学生时代的两三个同学，合资开始经营制作、贩卖电机的公司。这家公司由于我出资最多，所以实际工作由朋友来做，我没必要每天到办公室。可是，不知怎的，娜奥密不喜欢我整天待在家里，所以，虽然不愿意，我每天还是去公司绕一圈。我早上十一点左右从横滨到东京，到京桥的办公室停留一两个小时，大概傍晚四点左右回来。

从前我很勤快，早上早起，这阵子，我不到九点半或十点起不来。一起来马上穿着睡衣蹑手蹑脚走到娜奥密的寝室前，轻轻地敲门。不过，娜奥密比我睡得更晚，那时候还半睡半醒。

"嗯！"

她有时候这样回答，有时还睡着未醒。如果回答，我就进入房间打招呼，如果没有回答，我就在门前折返，到办公室去。

像这样子，我们夫妇不知何时开始分房睡觉。这是娜奥密提议的。她说，妇人的闺房是神圣的，即使是丈夫也不能随意侵犯。大的房间她自己要了，隔壁的小房间分配给我。虽然是隔壁，两个房间却并非紧靠在一起，这之间还夹着夫妇专用的浴室与厕所。也就是，彼此间隔，无法从一边的房间穿过到另一人的房间。

娜奥密每天早上到十一点多为止，既不起床也不是睡着，而是在床铺上吸烟或看杂志。烟是 dimity，细条的；报纸是《都新闻》，杂志看 *Classic*（《经典》）或者 *Work*（《工作》）。其实她不是看内容，而是看其中的照片，主要是洋装的款式和流行趋势，一张一张仔细瞧。她的房间东边和南边打开，阳台下边就是本牧的海，早上光线就明亮。房间十分宽敞，如果按日式房间计算可以铺二十张榻榻米左右，娜奥密的床铺摆在广阔的寝室中央。那也不是一般便宜的床铺，是某东京的大使馆卖出来的，附有天盖，白色像纱的帘子垂下来的床铺。可能是买了它之后，娜奥密睡得更舒服，比以前还难以离开床铺。

她洗脸之前，要在床上喝红茶和牛奶。在这之间用人准备好浴室。她起床之后就先洗澡，洗好之后又躺下来，让人按摩。然后梳头、磨指甲，说是七种道具其实不止七种，把几十种的药或器具用到脸上，穿衣服也是东挑西选的，到餐厅大概是一点半。

用过午餐之后，一直到晚上几乎没事。晚上不是被邀就是邀别人，要不然就到饭店跳舞，一定会有什么节目的，到了那时，她再化妆一次，换衣服。晚上有宴会时就更不得了，洗澡，要用人帮忙全身抹粉。

娜奥密的朋友经常改变。滨田、熊谷在那之后就不见影子，有一阵子她似乎喜欢马可尼尔，但没多久就有取代他的人，一位叫迪根的男子。迪根的下一位是叫可斯达斯的朋友。这个叫可斯达斯的男子，比马可尼尔更让人不舒服，讨娜奥密欢心的手法实在高明，有一次在舞会时我生气地打过这家伙。于是事情闹大了，娜奥密替可斯达斯帮腔，骂我"疯了"。我更是愤怒地追着可斯达斯打。大家抱住我，大声叫："乔治！乔治！"我的名字是让治，西洋人当成 George，就叫"乔治"。因为发生过这件事，可斯达斯就不来我家了。但同时娜奥密又提出新的条件，我服从了。

可斯达斯后有第二个、第三个可斯达斯出现，这是当然的，但是现在的我，自己也觉得不可思议，我变得安静了。人，一旦遭遇过可怕的经验，就成了固定的观念，一直留在脑中，我即使现在也忘不了娜奥密逃走时那种可怕的经验。"知道我的厉害了吧！"她这句话，现在也还会不断在我耳边响起。我从前就知道她的水性杨花与任性，如果把这些缺点拿掉，她的价值就没有了。淫荡的家伙！任性的家伙，我越想就越觉得她可爱，我掉入了她的圈套。因此，我了解自己如果生气，会输得更惨。

没有信心，就没有办法，现在的我英语比不上她。通过实际交往英语自然会变好吧！可是她在晚会席上向妇人或绅士讨好，听她叽里呱啦地说话，才知道她的发音是从前就很好的，她的英语带有洋人腔调，我常听不懂。她有时也学着洋人的样子叫我"乔治"。

我们夫妇的记录到此结束了。读它，觉得糊涂的人就请笑一笑，认为是个"教训"的人，就引以为戒吧。因为我自己爱恋娜奥密，所以别人怎么想也就管不了那么多了。

娜奥密今年二十三，我三十六。

图书在版编目（CIP）数据

痴人之爱 / （日）谷崎润一郎著；林水福译 . -- 长沙：湖南文艺出版社，2021.4
ISBN 978-7-5726-0121-7

Ⅰ . ①痴… Ⅱ . ①谷… ②林… Ⅲ . ①长篇小说—日本—现代 Ⅳ . ① I313.45

中国版本图书馆 CIP 数据核字（2021）第 058164 号

上架建议：经典·日本文学

CHIREN ZHI AI
痴人之爱

作　　者：[日]谷崎润一郎
译　　者：林水福
出 版 人：曾赛丰
责任编辑：匡杨乐
监　　制：毛闽峰
策划编辑：李　颖　陈　鹏
特约编辑：周子琦
营销编辑：刘　珣
封面设计：尚燕平
版式设计：李　洁
出　　版：湖南文艺出版社
　　　　　（长沙市雨花区东二环一段 508 号　邮编：410014）
网　　址：www.hnwy.net
印　　刷：北京天宇万达印刷有限公司
经　　销：新华书店
开　　本：880mm×1270mm　1/32
字　　数：172 千字
印　　张：8
版　　次：2021 年 4 月第 1 版
印　　次：2021 年 4 月第 1 次印刷
书　　号：ISBN 978-7-5726-0121-7
定　　价：48.00 元

若有质量问题，请致电质量监督电话：010-59096394
团购电话：010-59320018